Barbara Rath

Die tibetanische Rennschnecke

Ein Kinderroman

Barbara Rath

Die tibetanische Rennschnecke

Ein Kinderroman

BVK Buch Verlag Kempen

Zu diesem Taschenbuch ist ein Literaturprojekt erhältlich:
Literaturprojekt „Die tibetanische Rennschnecke"
Best.-Nr.: LP44, ISBN 978-3-938458-28-0

Bibliografische Information Der Deutschen Bibliothek
Die Deutsche Bibliothek verzeichnet diese Publikation in der Deutschen Nationalbibliografie; detaillierte bibliografische Daten sind im Internet über http://dnb.ddb.de abrufbar.

www.buchverlagkempen.de

5. Auflage, Kempen 2015

Titelbild und Illustrationen: Sonja Thoenes

Nach der neuen deutschen Rechtschreibung

Umschlaggestaltung: Iris Wirker, BVK, unter Verwendung der Originalillustration von Sonja Thoenes, Kempen
Layout: Iris Wirker, BVK
Lektorat: Claudia Behr / Andrea Dahms, BVK
Druck / Bindung: GrafikMediaProduktionsmanagement GmbH, D-Köln

Printed in Europe

Bestell-Nr.: LI08, ISBN 978-3-936577-87-7

Inhalt

1. Kapitel	**Es flimmert im Salat**	7
2. Kapitel	**Rabenschwarze Bilder**	14
3. Kapitel	**Das Versteck**	18
4. Kapitel	**Wenn Stumme reden**	23
5. Kapitel	**... und nichts als die Wahrheit**	28
6. Kapitel	**Freunde helfen**	33
7. Kapitel	**Lauras Plan**	36
8. Kapitel	**Zeichenstunde**	41
9. Kapitel	**Vorsicht: Bissig!**	46
10. Kapitel	**Jemanden kennenlernen**	52
11. Kapitel	**Beweise**	57
12. Kapitel	**Der Bambustempel**	61
13. Kapitel	**Li Su zieht um**	65
14. Kapitel	**Urlaubszeit**	71
15. Kapitel	**Briefe**	75
16. Kapitel	**Nicht stören!**	79
17. Kapitel	**Warten**	83
18. Kapitel	**Der Vortrag**	89
19. Kapitel	**Herr Findhammer staunt!**	95
20. Kapitel	**Treffen im Garten**	100
21. Kapitel	**Lauras Eltern hören zu**	105
22. Kapitel	**Mit Musik geht alles besser**	110
23. Kapitel	**Der Abschied**	117
24. Kapitel	**Li Su kehrt heim**	120
Letztes Kapitel	**... und ganz zum Schluss**	123

1. Kapitel
Es flimmert im Salat

Laura bückte sich tief über die jungen Salatpflanzen im Gemüsebeet. Missmutig riss sie vorwitziges Unkraut aus, das sich zwischen die Salatpflänzchen drängen wollte. Unkrautjäten war eine der Strafen, die ihre Mutter verhängte, wenn Laura etwas wirklich Schlimmes angestellt hatte. Und Laura hatte heute die Schule geschwänzt!
Nicht die ganze Schule, aber sie war einfach vor Beginn der letzten Stunde nach Hause gegangen. Laura hatte steif und fest behauptet, das sei ihr aus Versehen passiert. Sie sei sozusagen mitgerissen worden, als alle anderen Klassen nach der vierten Stunde Schulschluss hatten. Darüber habe sie ganz vergessen, dass auf ihrem Stundenplan noch eine fünfte Stunde stand …
Aber ihre Mutter war da ganz anderer Meinung, denn in der letzten Stunde hatte Laura „Kunst und Textilgestaltung", ein Fach, das sie genauso wenig leiden konnte wie die Lehrerin, die es unterrichtete. Ihre Mutter hatte sie, als sie so unvermutet früh zu Hause aufgetaucht war, einfach wieder in die Schule gebracht. Es war unglaublich peinlich gewesen, wie ein i-Dötzchen von der Mama über die Schwelle in den Klassenraum geschoben zu werden, wo Lauras Mitschüler schon eifrig an ihren Stoffpuppen nähten. Lauras Mutter erklärte kurz das verspätete Auftauchen ihrer Tochter zur letzten Schulstunde. Die Lehrerin zog spöttisch die Augenbrauen hoch, als Laura mit gesenktem Kopf zu ihrem Platz ging. Nur ein Wort kam von der Lehrerin.

Sie sagte: *„Träumerin!"* Das war schlimmer gewesen als eine lange Strafpredigt …

Dauernd passierten Laura solche Sachen. Zornig riss sie in Erinnerung an das Gekicher ihrer Klassenkameraden einem aufstrebenden Löwenzahn die Blätter ab, da flimmerte es plötzlich vor ihren Augen …
„Himmel, mein Kreislauf macht mir doch sonst keine Probleme", schoss es Laura durch den Kopf. Denn woher sonst, wenn nicht von einem schlecht funktionierenden Kreislauf, sollte mitten im Salatbeet ein Flimmern vor den Augen kommen? Zumindest behauptete Lauras Oma immer, dass es vor ihren Augen flimmere, weil sie einen so schwachen Kreislauf habe.
Dann nahm Laura eine fremde Stimme wahr, die energisch sagte: *„Dieses Salatblatt würde ich nur ungern wieder abgeben!"*

Langsam, ganz langsam richtete sich Laura wieder auf. Was war nur heute los mit ihr? Flimmern vor den Augen. Stimmen. Und weit und breit kein Mensch zu sehen …

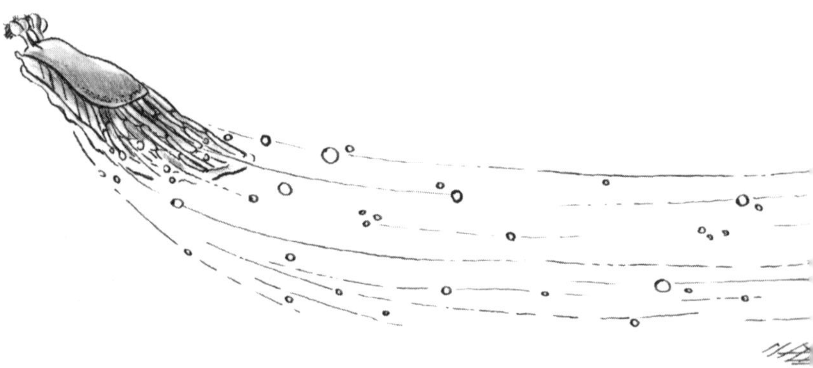

Laura reckte sich einmal entschlossen. Solch ein Schnickschnack wie Kreislaufschwäche oder geisterhafte Stimmen, das war ganz entschieden nichts für sie. Sie war zwar dafür bekannt, immer wieder durch ihre Verträumtheit allerlei Unfug anzustellen, aber bisher hatte sie sich noch nie eingebildet, jemanden sprechen zu hören, wenn niemand da war.
Und sie hatte noch eine ganze Reihe junger Salatpflanzen vor sich, zwischen denen sie Unkraut jäten sollte. Also bückte sie sich seufzend, um damit fortzufahren.

Kaum befand sich ihre Hand wieder zwischen den Jungpflanzen, flimmerte es erneut, diesmal eindeutig blau, und dieselbe Stimme wie vorher bat: *„Lass doch jede zweite Salatpflanze bitte für mich, ja? Damit käme ich wunderbar über den ganzen Sommer!"*
Diesmal fuhr Laura hoch wie gestochen!
Wild schaute sie nach allen Seiten, um herauszufinden, woher die Stimme kam. Aber sie war tatsächlich allein in dem großen Nutzgarten ihrer Eltern. Und die Nachbargärten waren ebenfalls leer.
Sonderbar. Sehr sonderbar. Laura betrachtete die Salatpflanzen, zwischen denen sie stand, mit argwöhnischem Blick: Ob ihre Brüder irgendein elektronisches Spielzeug hier versteckt hatten, vielleicht einen Stolperdraht, der Licht und einen Lautsprecher in Gang setzte?
Sie konnte nichts entdecken … doch, da drüben: Da saß in einiger Entfernung etwas Blaues mitten auf einer Salatpflanze. Es sah aus wie eine große Schnecke.

Die Schnecke zwinkerte Laura mit einem ihrer Stielaugen kokett zu, dann flimmerte es wieder blau und ehe sich Laura von ihrer Überraschung erholt hatte, saß die Schnecke im Handumdrehen direkt vor ihren Füßen.

„Wie heißt du?", erkundigte sich die Stimme, die von der Schnecke zu kommen schien, neugierig.
„Laura", sagte Laura. Dann setzte sie sich mitten im Beet auf den Boden, denn die Knie wurden ihr weich. So etwas war ihr im ganzen Leben noch nie passiert. Aber es gibt eben für jeden irgendwann ein Erlebnis, das einen buchstäblich umhaut.
Teilnahmsvoll blickte die blaue Schnecke Laura an. Dann fragte sie: *„Stimmt etwas nicht? Du bist sehr blass."*
Laura kniff die Augen zu. Blaue, sprechende Schnecken, die so blitzschnell von hier nach da krochen, dass es dabei flimmerte, konnte es einfach nicht geben. Da war sie sich sicher. Also: Hinsetzen, einen Moment verschnaufen, Augen und Ohren dichtmachen und dann feststellen, dass man so weitermachen konnte wie immer. Das versuchte Laura gerade.
Aber es half nicht. Als sie die Augen wieder aufschlug, blickte sie direkt in die Stielaugen der blauen Schnecke. Anders als bei allen Schnecken, die Laura bisher gesehen hatte, saß nicht jedes der vier Augen auf einem eigenen Stiel. Nein, die beiden Augenstielchen der blauen Schnecke waren oben einmal gegabelt wie ein klitzekleines Geweih. Auf den vier Enden der Gabeln saßen schließlich die saphirblauen, kugelrunden Schneckenaugen. Was Laura

als ganz besonders ungewöhnlich auffiel, waren die dichten Wimpern, die diese Augen umgaben.

Und ganz gegen ihren Willen begann Laura ein Gespräch mit einem Wesen, von dem sie eigentlich sicher war, dass es nicht existierte, nicht blau, nicht schnell sein und vor allem nicht sprechen konnte.
Laura begann mit einer naheliegenden Frage: *„Wer bist du?"*
„Ich heiße Li Su."
„Und was bist du?"
„Ich bin eine tibetanische Rennschnecke."
„Was machst du hier?"
„Ich suche Schutz und Futter."
„Und wieso kannst du sprechen?"
Wieder lächelte die Schnecke. Dabei sah sie eigentlich richtig nett aus. Man sah das Lächeln auch nur, wenn sie sich ein wenig mit dem Vorderkörper aufrichtete, denn ihr kleiner Mund war sozusagen auf ihrer Unterseite.
„Ich spreche ja gar nicht", hörte Laura es ganz deutlich tönen – aber zu ihrer Verblüffung sah sie, dass der Mund der Schnecke sich kein bisschen bewegt hatte, sondern weiter freundlich lächelte. Langsam merkte Laura, dass sie zornig wurde! Es machte sie wütend, dass sie überhaupt nicht begriff, was hier vorging.
Was für ein merkwürdiger Tag! Erst war ihr das Missgeschick mit der Handarbeitsstunde passiert. Dann hatte ihre Mutter sie zum Unkrautjäten verdonnert. Und nun kam ihr auch noch diese blaue Schnecke in die Quere und grinste breit.

Laura rief zornig: *„Ich höre dich aber! Dann wirst du ja wohl auch mit mir sprechen, oder?"*

Plötzlich flimmerte es wieder blau. Die Schnecke verschwand und stattdessen sah Laura genau dort, wo eben noch die saphirblauen Stielaugen geschimmert hatten, die korallenroten Zehennägel ihrer Mutter aus deren Sandalen schauen.
Ihre Mutter sagte ärgerlich: *„Natürlich spreche ich mit dir! Und es wäre wirklich zu gütig, wenn du endlich auf mich hören würdest. Ich habe nun schon viermal vom Haus zu dir herübergerufen und dich gefragt, ob du das Unkraut überreden willst, das Salatbeet zu verlassen."*
„Wieso?", erwiderte Laura nun vollkommen verwirrt.
„Weil du jetzt schon seit fünf Minuten hier herumsitzt und vor dich hin brabbelst. Kind, Kind ..." Lauras Mutter fuhr ihrer Tochter mit der Hand durch die wuscheligen Haare. *„Deine Tagträumerei macht mir langsam Sorgen."*

2. Kapitel
Rabenschwarze Bilder

Laura lag an diesem Abend noch lange wach und versuchte, sich die merkwürdigen Erlebnisse im Salatbeet zu erklären. Als ihre Mutter dort aufgetaucht war, wollte sie zunächst ganz aufgeregt von ihrem Gespräch mit der Schnecke erzählen. Aber nachdem ihre Mutter ihr durch das Haar gefahren war, nicht mehr. Sie wusste, dass ihre Eltern sich Sorgen um sie machten.

Manchmal fühlte Laura den Blick ihrer Eltern so zweifelnd auf sich ruhen, dass es ihr allen Mut nahm. Manchmal fragten die Eltern sie, warum sie keine Freunde habe. Warum sie einfach auf dem Birnbaum im Garten sitze, auf einem Grashalm kaue und kein bisschen Lust habe, mit den anderen Kindern der Straße ins Freibad zu gehen. Wieso sie die letzte Stunde in der Schule vergesse. Warum sie Bilder male, die ganz schwarz sind. Und ob sie wirklich nicht rechnen könne oder bei der letzten Mathearbeit wieder nur einen schlechten Tag gehabt hätte. Und immer wieder dieser zweifelnde Blick. Unter diesem Blick konnte nichts gelingen. Laura war sich sicher, dass ihre Eltern sie lieb hatten. Aber ob sie sie verstanden?
Sie war sich auch sicher, dass ihre Mutter keinerlei Verständnis gehabt hätte, wenn sie ihr am Nachmittag gesagt hätte: *„Ich sitze im Salatbeet, weil hier eine blaue tibetanische Rennschnecke mit Gabelstielaugen ein Gespräch mit mir angefangen hat."*

Laura wälzte sich schlaflos in den Kissen. Sie war es gewohnt, allein mit allerlei Dingen fertigzuwerden. Denn oft war sie einfach anderer Ansicht als jeder andere Mensch. Deshalb war es so schwer, mit anderen Menschen auszukommen. Da war zum Beispiel die Sache mit den schwarzen Bildern.

Als ganz kleines Mädchen hatte Laura wie jedes Kind angefangen zu malen. Kritzelig und kunterbunt. Dann hatte irgendjemand zu ihr gesagt: *„Zeichne doch einmal ein Haus! Das kannst du bestimmt schon, oder?"*
Und Laura hatte mit Feuereifer einen Stift ergriffen und versucht, ein Haus zu malen. Ganz genau konnte sie sich vorstellen, wie es aussehen sollte: mit Garten rundherum, einem großen Apfelbaum darin, bunten Gardinen an allen Fenstern und einem Wetterhahn auf dem Schornstein.
Aber als Laura schließlich auf ihr fertiges Werk blickte, war sie den Tränen nahe. Sie hatte sich doch alles so schön vorgestellt! Warum konnte sie es dann nicht auch schön *malen?* Sie brauchte doch bloß die Farben vorn aus dem Stift auf das Papier zu schicken, oder?
Ihr Bild fand sie jedenfalls scheußlich. Anstelle des schönen Hauses aus ihrer Vorstellung war da nur ein wildes Gekritzel in allen möglichen Farbtönen.
Seit diesem Tag malte Laura nur noch schwarze Bilder. Ganz schwarze. Auf dem gesamten Blockblatt war alles schwarz.
Merkwürdigerweise waren alle Erwachsenen sehr beunruhigt, wenn sie solche Bilder sahen. Sie vermuteten, Laura

sei voller Traurigkeit, die sich in den schwarzen Farben widerspiegele. Und Laura konnte ihnen beim besten Willen nicht klarmachen, dass ihr Schwarz überhaupt nichts mit „Traurigsein" zu tun hatte.

Für Laura hatten all ihre Vorstellungen in diesem einförmigen Schwarz Platz. Darin sah sie die schönen Bilder wie in einem Spiegel. Und sie wusste: *„Wenn ich alt und geschickt genug bin, die Farben richtig aus meinen Stiften auf das Papier zu schicken, sodass mein inneres Bild, das aus meiner Vorstellung, auch wirklich aufs Blatt kommt, dann werde ich auf den schwarzen Spiegel verzichten. Bis es so weit ist, hilft mir das Schwarz, denn darin hat die ganze Welt Raum."*

Aber als sie das einer Lehrerin sagte, bat die nur höchst besorgt um einen Gesprächstermin mit Lauras Eltern, und es hieß einmal wieder: *„Diese Laura Katz ist wirklich ein sehr merkwürdiges Kind."*

Weil Laura diesen Satz jeden Tag ein paarmal zu hören bekam, hatte sie keine Lust, noch merkwürdiger zu erscheinen, indem sie zugab, mit Schnecken zu sprechen. Sie beschloss, zunächst einmal zu versuchen, diese tibetanische Rennschnecke mit dem schönen Namen Li Su wiederzufinden. Wenn sie verschwunden blieb, brauchte Laura ja niemanden mit ihrer Begegnung im Salatbeet zu beunruhigen. Wenn sie wieder auftauchte ... tja, dann konnte man immer noch weitersehen.

Und nachdem Laura den Fall so weit bedacht hatte, drehte sie sich auf die linke Seite und schlief endlich ein.

3. *Kapitel*

Das Versteck

Lauras Mutter schaute regelrecht misstrauisch, als Laura am nächsten Nachmittag verkündete, sie sei jetzt mit den Hausaufgaben fertig und wolle Unkraut jäten gehen. Das hatte es noch nie gegeben! Laura überlegte verzweifelt, wie sie ihren ungewöhnlichen Plan begründen könnte, denn ihre Mutter sah ganz so aus, als glaubte sie ihr nicht. Da kam von ganz unerwarteter Seite Hilfe.
„Hast wohl was ausgefressen und gehst schon mal vorsichtshalber an die Strafarbeit?", ließ sich ihr großer Bruder Tom plötzlich vernehmen.
„Oder wieder was verloren?", vermutete ihr jüngerer Bruder Tim.
Verlegen schaute Laura auf ihre Zehen. Doch da kam ihre Mutter energisch herbei. Mit tadelndem Blick auf ihre Söhne schob sie Laura mit den Worten zur Gartentür hinaus: *„Ich wäre froh, wenn sich einer von euch beiden Faulpelzen mal freiwillig in den Gemüsegarten verlaufen würde! Aber ihr beide kennt ja nur den Weg zum Fußballplatz! Und falls der nachher nicht durch das Badezimmer an den Abendbrottisch führt, dann setzt es was! Wenn Laura Unkraut jäten will, lasst sie doch bitte in Ruhe! Ich jedenfalls freue mich darüber!"*
Und ohne irgendetwas erklären zu müssen, befand sich Laura plötzlich wieder zwischen den Salatpflanzen.
Mit einer kleinen Harke lockerte sie die Erde auf und zupfte weiteres Unkraut aus dem Boden. Dabei ließ sie ihren Blick

hin- und hergleiten. Halb hoffte, halb fürchtete sie, wieder dieses blaue Flimmern zu sehen. Aber alles blieb ruhig. Laura begann sich gerade zu ärgern, dass sie völlig freiwillig hier im Gemüsegarten saß und Sklavenarbeit tat, da erreichte sie das Ende der ersten Reihe von Salatpflanzen. Dort befand sich ein umgestülpter Blumentopf, aus dessen Rand eine Ecke herausgebrochen war. Lauras Mutter hatte beim Setzen der Salatpflanzen jede der Pflanzenreihen mit einem Blumentopf beginnen und enden lassen. Neben dem Topf vor Lauras Füßen hatte sich ein besonders fetter Hornklee breitgemacht, den Laura gleich ausreißen wollte.
„Dich rupf ich noch und dann ist Schluss mit dem blöden Jäten!", verkündete sie entschlossen.
Als sie den Hornklee ausriss, hoben dessen flach verzweigte Wurzeln eine Menge Erde mit an. Der umgestülpte Blumentopf kippte dadurch zur Seite und rollte fort. Im gleichen Moment hörte Laura ein lautes, völlig verzweifeltes Schreien: *„Hilfe! Hilfe! Ich bin verloren ... Jetzt kriegt mich der Grompf!"*
Und vor Lauras erstaunten Augen entrollte sich die tibetanische Rennschnecke, die zusammengekringelt unter dem Blumentopf geschlafen haben musste. In panischer Angst versuchte sie, wieder Deckung zu finden. Aber der Blumentopf lag auf der Seite, sodass er keinen Schutz mehr bot. Laura sah es wie wild flimmern, während die Schnecke hin und her wuselte. Schließlich blieb diese schnaufend und prustend völlig erschöpft liegen und seufzte hoffnungslos: *„Nun ist es aus ...!"* Dann begann sie, leise und trostlos zu weinen.

Laura war wie vom Donner gerührt. Das Schluchzen der Schnecke klang so traurig, dass es ihr das Herz zusammenschnürte. Ohne lange nachzudenken, bückte sie

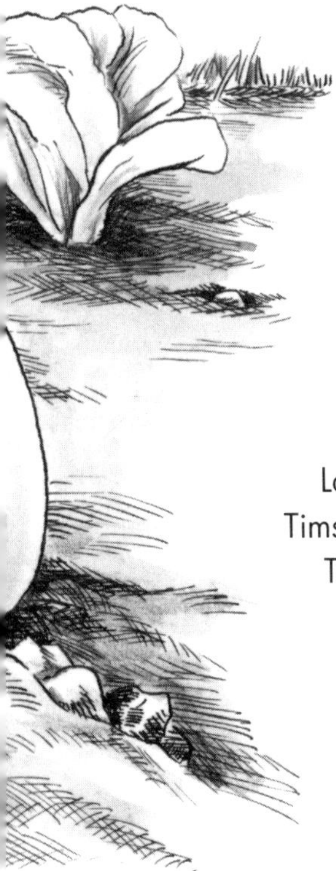

sich und hob die gut handlange Schnecke auf. Die hatte ihre blauen Augen fest zugekniffen. Hinter den dichten Wimpern quollen Tränen hervor.

„Lass mich nicht zu lange leiden!“, flehte sie.

Laura versuchte, das zu tun, was sie immer mit Tims Meerschweinchen tat, wenn der das Tier verängstigt hatte. Sie streichelte die Schnecke, so gut das ging, und wollte sie beruhigen: *„Ich bin's, Li Su. Laura. Ich tue dir doch nichts! Du brauchst wirklich keine Angst zu haben.“*

Li Su öffnete vorsichtig eines ihrer vier Augen, bereit, es sofort wieder zuzukneifen, wenn ihr das, was sie sah, nicht gefiel. Das Schluchzen verebbte.

„Laura? Ich dachte, du wärst ein Grompf und mein letztes Stündchen hätte geschlagen“, sagte die Rennschnecke erleichtert. Sie zitterte am ganzen Leib, das konnte Laura in ihrer Hand deutlich spüren.

„Was hast du denn nur?“, erkundigte sich Laura teilnahmsvoll. *„Warum bist du so ängstlich? Was ist ein Grompf? Und wieso sollte dir jemand etwas antun?“*

Die blaue Schnecke atmete tief durch. Wie ein kleiner Ballon pumpte sie sich auf und ließ dann die Luft wieder ab. Erneut traten Tränen in ihre Augen. *„Du weißt nicht, was ein Grompf ist?“*

„Ich weiß eigentlich nicht einmal, was eine tibetanische Rennschnecke ist. So etwas wie dich habe ich gestern zum ersten Mal gesehen", musste Laura zugeben.
„Du kennst keine Rennschnecken? Du lieber Himmel! Wo bin ich denn überhaupt hingeraten?", jammerte Li Su. *Ich glaube, ich bin weiter von zu Hause entfernt, als ich dachte ..."*
Laura überlegte kurz. Dann schlug sie vor: *„Ich gehe jetzt zu meiner Mutter und sage ihr, dass ich mit der ersten Salatreihe fertig bin und mit dem Jäten aufhören werde. Sonst schaut sie mir doch alle naselang auf die Finger. Und meine Mutter können wir im Moment hier nicht brauchen. Du wartest unter deinem Topf, bis ich zurück bin. Dann gehen wir nach hinten in den Garten zwischen die Obstbäume. Bei der Himbeerhecke sieht uns keiner und du kannst mir ungestört deine Geschichte erzählen. Abgemacht?"*
Li Su nickte. *„Abgemacht"*, sagte auch sie, und Laura wunderte sich, dass sie wieder nicht gesehen hatte, ob sich der Mund der Schnecke beim Sprechen bewegt hatte.

4. Kapitel
Wenn Stumme reden

Kurz darauf saßen Laura und Li Su hinter der Himbeerhecke. Die Schnecke hatte sich zwar bereitwillig dorthin tragen lassen, aber zum Erzählen wolle sie „auf eigenem Fuß stehen", wie sie lächelnd sagte.
Als Laura sie gleichzeitig lächeln sah und sprechen hörte, musste sie einfach fragen: *„Wieso bewegst du den Mund nicht beim Sprechen?"*
Li Su setzte sich auf einem Hahnenfußblatt bequem zurecht und erwiderte: *„Du siehst mich nicht sprechen, weil ich nicht spreche. Schnecken können nicht sprechen."*
„Aber …", wollte Laura dazwischenfragen.
Da fuhr Li Su fort: *„Es wäre schön, wenn du mich nicht unterbrechen würdest. Meine Geschichte ist für jemand wie dich, der meine Welt nicht kennt, schwer genug zu verstehen. Ich hoffe, ich kann dir alles erklären. Wenn du am Ende noch Fragen hast, frage dann.*
Also: Wie du weißt, bin ich eine tibetanische Rennschnecke. Ich bin weit, weit fort von hier zur Welt gekommen. In Tibet. Das liegt mitten in Asien. Dort gibt es jahrtausendealte Künste, von denen die Menschen hier wenig wissen. Eine dieser Künste ist die der Meditation. Dabei versenkt sich jemand ganz in einen bestimmten Gedanken. In Asien können das viele Menschen und Tiere. Auch wir Schnecken beherrschen diese Kunst. Wir haben sie so weit vervollkommnet, dass wir zur Telepathie fähig sind. Das ist Gedankenübertragung.

Nun weißt du, warum du mich nicht sprechen siehst. Du hörst meine Gedanken innerlich. Dazu muss ich nicht mit meinem Mund sprechen. Ich habe schon versucht, mit vielen Menschen hier Kontakt aufzunehmen. Aber sie können nicht meditieren. Sie können ihre Gedanken nicht beisammenhalten. Bei den meisten Leuten hier geht es im Kopf zu wie in einem Karnickelstall: Eine Menge Gedanken hopsen ungeordnet hin und her. Bei dir ist das anders. Als du mich gesehen hast, habe ich gespürt, dass du in diesem Moment nur über mich nachgedacht hast. Und deshalb können wir unsere Gedanken austauschen: Du sprichst zwar mit dem Mund zu mir, aber du bist ganz bei der Sache. Ich höre nur deine Gedanken."

Li Su machte eine kleine Pause und kroch langsam, ohne dass es flimmerte, einmal rund um den Hahnenfuß. Sie schien nicht recht zu wissen, wie sie fortfahren sollte.
„Du hast noch nie eine tibetanische Rennschnecke gesehen. Das ist auch eigentlich ganz normal, denn wir verlassen unsere Heimat nicht. Dort ist es so wunderschön."
Li Su seufzte. Laura machte keinen Mucks, um sie nicht zu stören.
„Ich habe Tibet sozusagen aus Versehen verlassen. Du musst wissen, wir Rennschnecken sind so schnell, dass wir eigentlich keine ernsthaften Feinde haben."
„Feinde?", entfuhr es Laura ganz gegen ihren Willen.
„Andere Tiere, die uns fressen", erklärte Li Su. *„Aber es gibt eine Zeit im Jahr, in der wir äußerst verletzlich sind. Einmal im Jahr werfen wir unser Haus ab, dann sind wir*

sehr schwach, sehr langsam. Genau in dieser Zeit haben es die Grompfe auf uns abgesehen."

Laura sah, wie die Schnecke bei der bloßen Erwähnung des Wortes „Grompf" blassblau wurde und wieder zu zittern begann. Trotzdem fuhr sie fort: *„Grompfe sind große Greifvögel mit einem entsetzlichen Krummschnabel und langen Krallen an den Füßen. Wenn sie eine Rennschnecke entdecken, die ihr Haus abgeworfen hat, ist sie verloren! Sie stoßen auf die Schnecke herab und zerreißen und fressen sie.*

Als ich das letzte Mal in Tibet mein Haus abgeworfen hatte, bin ich einem solchen Grompf fast zum Opfer gefallen. Ich hörte schon seine Flügel in der Luft rauschen, sein Schatten fiel auf mich, da entdeckte ich im allerletzten Augenblick eine Zuflucht: Es war eine Dose aus Blech mit einer kleinen Öffnung. Ich konnte mich gerade noch hineinquetschen, bevor der Grompf mich packen konnte.

Bösartig versuchte er, mich aus der Dose herauszuschütteln. Ich wurde hin und her geworfen, sodass mir Hören und Sehen verging. Ich muss wohl ohnmächtig geworden sein, denn als ich wieder zu mir kam, war ich schon nicht mehr in Tibet.

Ich lag mitsamt der Dose im Handgepäck eines Fotografen in einem Flugzeug. Er wollte die Natur in Tibet fotografieren und war entsetzt, dass er mitten in der Wildnis eine Coladose fand. Die wollte er mit heimnehmen nach Deutschland, um bei seinen Fotovorführungen und Vorträgen darauf hinzuweisen, wie weit der Müll der Zivilisation schon in alle entlegenen Winkel der Welt vorgedrungen sei. Die Coladose sollte sein Beweis sein. Über diese Sache hat er so oft nachge-

dacht, dass ich ausnahmsweise seine Gedanken wahrnehmen konnte. Von mir, die in seiner Dose saß, wusste der Fotograf nichts."
„Wie bist du denn dann in unseren Garten gekommen?", fragte Laura schließlich.
„Einen Teil meiner Schnelligkeit habe ich ja wieder. Du hast es gewiss flimmern sehen, als ich gestern zu dir gelaufen bin. Aber wenn ich mein neues Haus hätte … Dann wäre ich so schnell, dass du rein gar nichts von mir wahrnehmen könntest. Ich bin fortgelaufen. Dieser Fotograf hatte mich in einem Steinkasten eingesperrt. Da waren die merkwürdigsten Sachen drin! Der große Steinkasten schien aus vielen kleinen Steinkästchen zusammengesetzt zu sein, in denen überall Menschen lebten. Keine richtige Sonne, kein Wind, kein Grün. Der Steinkasten war noch viel größer als der, in dem du immer verschwindest."
„Das ist unser Haus", erklärte Laura. *„Darin wohne ich mit meinen Brüdern und meinen Eltern."*
Li Su war ehrlich schockiert! *„Ihr wohnt mit mehreren in einem Haus? Wie überaus unappetitlich!"*
Laura lachte herzlich. *„Das ist kein Haus wie ein Schneckenhaus. Man lässt es sich nicht wachsen. Es gehört nicht zu unserem Körper. Man muss es bauen."*
„So? Man kann Häuser auch bauen …", erwiderte Li Su nachdenklich.

5. *Kapitel*

... und nichts als die Wahrheit

Es war Laura sehr schwer gefallen, sich von Li Su und deren interessanter Lebensgeschichte loszureißen, als ihre Mutter zum Abendessen rief. Laura hatte Li Su wieder zu dem Blumentopf beim Salatbeet gebracht. Den hatte sie auf Bitten der Rennschnecke so aufgestellt, dass die Morgensonne durch die Lücke hineinfallen würde, die Li Su als Tür benutzte.

Am Abendbrottisch war schon die ganze Familie versammelt, als Laura endlich dort eintraf. Ihre Mutter beschwerte sich: *„Nun sind deine Brüder einmal mit sauberen Händen zu Tisch gekommen, da erscheinst du hier mit Gartenpfoten!"*

Also ging Laura sich die Finger waschen und setzte sich erst dann. Ihr Vater reichte den Brotkorb herum und fragte, was er jeden Abend fragte, wenn die Familie bei Tisch saß: *„Was gibt es Neues?"* Wie immer bekam er keine Antwort. Denn wann gab es schon etwas wirklich Neues zu berichten? Natürlich ging Laura die Sache mit der Rennschnecke durch den Kopf, aber was sollte sie zu diesem Thema sagen? Weil Laura angestrengt darüber nachdachte, wie sie die unglaubliche Geschichte mit der Schnecke vortragen sollte, ohne als ausgemachte Spinnerin dazustehen, bekam sie gar nicht recht mit, dass ihr Vater sich mit seiner nächsten Frage an sie wandte. Sie hörte nur noch: *„... es denn wirklich gar nichts Neues zu berichten?"*

Tim gab ihr unter dem Tisch einen Tritt vors Schienbein. Offensichtlich war es höchste Zeit, etwas zu sagen. *„Grompfe sind so gefährlich!"*, entfuhr es ihr.
Einen Moment lang herrschte am Tisch verblüfftes Schweigen. Dann lachten alle.
Tom wollte wissen: *„Was um Himmels willen ist denn ein Gropf?"*

„Grompf. Es heißt Grompf", erklärte Laura und fühlte, wie sie puterrot wurde.
„Das Wort habe ich noch nie gehört!", wunderte sich Lauras Mutter zwischen zwei Löffeln Quark. *„Wo hast du denn etwas über Grompfe gehört?"*
Laura wand sich. Oje! Im Lügen war sie ganz mies! Kein Wunder, dass man nur schwer lügen kann, wenn man seine Gedanken meist auf genau eine Sache ausrichtet.
„Nun sag schon. Jetzt bin ich auch neugierig. Was ist ein ‚Grompf' und wo hast du davon gehört?", mischte sich Lauras Vater wieder ein.
Laura entschied sich für die halbe Wahrheit: *„Der Grompf ist ein tibetanischer Greifvogel, der Schnecken jagt. Und wir sprechen in der Schule darüber."*
Mutters Löffel blieb schwebend über dem Quark hängen. *„Wieso sprecht ihr in der dritten Klasse über tibetanische Vögel, von denen noch nie ein Mensch gehört hat?"*
„Keine Ahnung. Musst du meine Lehrerin fragen!", entgegnete Laura unvorsichtigerweise.
„Das werde ich", sagte ihre Mutter gedehnt. *„Das werde ich. Sie hat heute Nachmittag angerufen und mich mal wieder zu einem Gespräch in die Schule eingeladen."*

Einige Tage später wurde Laura recht förmlich abends von ihren Eltern ins Esszimmer gebeten. Sie wusste, was nun kam. Seit ihre Mutter den Termin mit der Lehrerin erwähnt hatte, wartete Laura geradezu darauf, ins Esszimmer gerufen zu werden. Jetzt würde eine ganz bestimmte Form von Gespräch stattfinden.

Laura hasste Gespräche dieser Art mit ihren Eltern. Aber mit unschöner Regelmäßigkeit kam es dazu. Man saß am Esstisch. Die Brüder hatten das Zimmer zu räumen und zwei sorgenvolle Augenpaare musterten Laura, die sich wieder einmal sehr klein und hilflos vorkam. Sie fühlte sich wie vor Gericht. Und sie fühlte sich schuldig, ohne zu wissen, warum.

Die Mutter trug vor, was im Gespräch mit der Lehrerin gesagt worden war. Dass Laura keine Kontakte in der Klasse habe. Dass sie im Unterricht meist überhaupt nicht bei der Sache sei. Dass sie aber alles andere als dumm sei, wie gelegentliche Geistesblitze bewiesen. Dass sie im Kunstunterricht immer nur schwarze Bilder male. Dass sie oft keine Antwort gebe, selbst wenn ein Lehrer sie direkt etwas frage. Und von einem „Grompf" oder „Tibet" hätte in der Schule kein Mensch etwas gesagt ... Es klang wie eine nicht abreißen wollende Kette von Vorwürfen.

Laura kroch in sich zusammen. Sicher kam jetzt gleich wieder die Frage: *„Was sagst du denn dazu?"*

Da war sie schon. Diesmal wurde sie von ihrem Vater gestellt.

„Und wenn ich euch sage, ich habe eine Freundin namens Li Su, dann glaubt mir doch sowieso kein Mensch!", murmelte Laura.

„Wer soll denn das sein?", fragte ihre Mutter. *„Eine Chinesin gibt es hier weit und breit nicht. So viel ist sicher."*

„Sie ist keine Chinesin. Sie kommt aus Tibet ... Hat ihr Haus verloren."

Lauras Vater nickte ernst. *„Ein Flüchtlingskind also. Schön, dass du ihr als Freundin zur Seite stehst."*

Lauras Mutter blieb misstrauisch: *„Wo wohnt diese Li Su denn?"*
Einen Moment überlegte Laura, ob sie die Bombe hochgehen lassen sollte oder nicht. Aber sie war es leid, sie war es so schrecklich leid, immer wieder Rede und Antwort stehen zu müssen, weil sie so war, wie sie war. Mutig rief sie: *„Unter dem Blumentopf am Ende der ersten Reihe von Salatpflanzen! Da wohnt sie! Li Su ist eine tibetanische Rennschnecke. Und wir sprechen miteinander. Das geht mit ... Tele ... Tele ... Telefonie oder wie das heißt. Gedankenübertragung!"*

Lauras Mutter wurde blass und bat ihren Mann um ein Glas Wasser. Der murmelte etwas von: *„... so langsam ein Fall für einen guten Arzt ..."*, und war froh, den Tisch verlassen zu dürfen, um das Wasser zu holen.

Das Gespräch schien beendet. Laura fühlte sich großartig. Endlich einmal hatte sie sich nicht nur von Vorwürfen bedrängt gefühlt, weil sie nicht so war, wie ihre Eltern es von ihr erwarteten. Sie hatte die Dinge kurzerhand beim Namen genannt. Und deshalb rief sie noch in Richtung Esstisch, bevor sie in ihrem Zimmer verschwand: *„Und wenn irgendjemand Schwierigkeiten mit meinen schwarzen Bildern hat, ist das nicht mein Problem!"*

6. Kapitel

Freunde helfen

„Du hast ihnen von mir erzählt?“, wunderte sich Li Su.
„Nicht so richtig. Ich war so wütend! Sie haben mir wieder vorgeworfen, ich hätte keine Freunde. Als ob das so wichtig wäre. Da habe ich gesagt, ich hätte dich zur Freundin.“
Li Su nagte an einem Apfelscheibchen, das ihr Laura mitgebracht hatte. Telepathie war praktisch: Man musste nicht darauf achten, ob man mit vollem Mund sprach …
Li Su sagte: *„Es ist wichtig.“*
„Was?“
„Freunde zu haben.“
„Warum?“
„Das weißt du wirklich nicht?“
„Woher denn? Ich hatte noch nie Freunde.“
Jetzt musste Li Su fragen: *„Warum?“*

„Es ist so mühsam. Ich muss immer erklären, warum ich dies oder das tue. Dies oder das mag. Und ich bin meist anderer Meinung als alle anderen Kinder ... Ich muss so viel sprechen. Das bin ich gar nicht gewohnt."
Li Su hatte die Apfelscheibe aufgefuttert und bat um die nächste. *„Natürlich ist es mühsam. Vor allem am Anfang. Man nennt es ‚sich kennenlernen'. Hast du denn nicht bemerkt, dass meine Augenstielchen manchmal ganz hell werden, wenn wir uns unterhalten?"*
Laura sah genau hin und schüttelte den Kopf.
Li Su erklärte: *„Die sind wie Antennen, meine Augenstielchen, und fangen bei der Gedankenübertragung deine Signale auf. Seit wir uns kennengelernt haben, haben wir uns unglaublich viel voneinander erzählt. Manchmal laufen die Antennen dabei richtig heiß! Aber wenn man einander erst einmal kennt, dann braucht man nicht mehr alles in Worte zu fassen. Dann verstehen sich sogar Menschen, deren Gedanken wie Karnickel durcheinanderhopsen, fast wie durch Gedankenübertragung ohne ein Wort."*
Li Su verlangte nun nach der Erdbeere, die Laura aus der Küche gemopst hatte. Die Erdbeeren im Garten waren in diesem Jahr spät dran. Die Rennschnecke nahm den Gesprächsfaden noch einmal auf: *„Aber es macht dir doch gar nichts aus, mit mir so viel zu sprechen. Jeden Tag bist du ein paar Stunden bei mir im Garten und wir unterhalten uns unentwegt."*
„Du verstehst mich ja auch!", gab Laura zu bedenken.
„Hast du es denn schon einmal mit einem Menschenfreund versucht?", wollte Li Su wissen.

Laura schüttelte den Kopf. Sie blieb dabei: *„Wozu braucht man schon Freunde ...?"*
Da hörte sie Li Su ganz leise sagen: *„Freunde helfen. Laura, ich brauche deine Hilfe."*

Der Ton der Schnecke ließ Laura aufhorchen. Was sie gesagt hatte, klang ganz dringend und flehentlich. Eingehend betrachtete Laura Li Su. Die sah kleiner aus als bei ihrer ersten Begegnung. Das Blau ihrer Augen war blasser und die Gabelstielchen hatten vorher ganz gerade auf dem Köpfchen der Schnecke gestanden. Nun wirkten sie ein wenig müde und schlaff.
Erschrocken stellte Laura fest: *„Es geht dir nicht gut, oder?"*
Die Schnecke nickte mit dem Kopf. *„Ich muss heim. Ich muss wieder nach Tibet!"*, sagte sie. *„Es ist schon Juni und mir hätte längst wieder ein neues Haus wachsen müssen. Aber da tut sich rein gar nichts! Du versorgst mich mit allem, was ich brauche, aber mir fehlt irgendetwas, das es wahrscheinlich nur in Tibet gibt. Vielleicht ist es die Luft oder das Wasser. Vielleicht sind es die Berge. Vielleicht die wunderschönen kleinen Tempel am Wegesrand. Ich weiß es nicht. Ich fühle nur, dass ich mit jedem Tag fern von zu Hause schwächer werde ..."*
Laura war erschrocken. *„Aber wie um alles in der Welt soll ich dich nach Tibet zurückbekommen? Mir glaubt ja nicht einmal jemand, dass es dich gibt!"*
Li Su lächelte traurig. *„Es wäre schön, wenn du ein paar Freunde hättest. Freunde helfen. Auch wenn sie nicht immer alles verstehen ..."*

7. Kapitel
Lauras Plan

Laura grübelte und grübelte. Sie wollte Li Su nicht verlieren. Li Su sollte bei ihr bleiben und nicht nach Tibet zurückgehen! Aber Laura war vernünftig genug, sich einzugestehen, dass es ihrer Schnecke wirklich nicht gut ging. Es war schon eine Weile her, dass sie zuletzt so schnell gerannt war, dass es Laura vor den Augen flimmerte. Und wenn sie immer schwächer wurde ...? Immer schwächer und schwächer?
„Nein!", quetschte Laura zwischen zusammengebissenen Zähnen hervor. Sie durfte auf keinen Fall zulassen, dass Li Su so schwach wurde, dass sie starb!
Und so grübelte Laura weiter, wie Li Su zu helfen sei. Sie selbst konnte die Schnecke keinesfalls nach Tibet begleiten. Sie kannte auch niemanden, dem sie ihre Freundin mitgeben konnte.
Post? Laura wurde bei dem Gedanken ganz schlecht, was Li Su zustoßen konnte, wenn der Poststempel an der falschen Stelle auf ihr Paket niederkrachte oder ihr Päckchen im Flugzeug im Frachtraum auf minus zwanzig Grad gekühlt wurde. Dieser Weg schied völlig aus.

Aber vielleicht gab es ja auch eine Möglichkeit, dass Li Su sich in Lauras Garten heimischer fühlte! Dann würde es ihr gut gehen und sie könnte bleiben. Je länger Laura über diesen Plan nachdachte, umso besser gefiel er ihr.

In der Bibliothek lieh sie sich ein Buch über Tibet aus und betrachtete die Bilder darin. Li Su zeigte sie es lieber vorerst nicht; nachher bekam die noch mehr Heimweh. Auf den Bildern waren gewaltige Berge, große Tempel, Statuen, Mönche mit kahlgeschorenen Köpfen, Yaks, die zottigen Hochlandrinder, Menschen in unglaublich bunter Kleidung. Es dauerte, bis Laura endlich etwas entdeckte, von dem sie glaubte, dass es Li Su an ihre Heimat erinnern und freuen würde. Vor allem war es etwas, das sie vielleicht nachbauen könnte, um es später im Salatbeet aufzustellen …

Dazu brauchte sie jedoch auf jeden Fall Hilfe.
Ihre Eltern kamen für solche Dinge nicht in Frage, denn die wurden direkt nervös, wenn Laura in ihrer Gegenwart auch nur das Wort „Tibet" andeutete.
Ihre Brüder? Lebten quasi auf dem Fußballplatz und hielten Laura eher für ein absonderliches Haustier als für einen ernst zu nehmenden Menschen.
Da fiel Laura nur noch ein Mensch ein, der ihr helfen konnte.

Am Ende der nächsten Handarbeitsstunde musste Laura ihre selbst genähte Stoffpuppe zur Benotung abgeben. Dazu musste sie ganz nach vorn zum Lehrerpult gehen. Fürchterlich aufgeregt trat sie dort von einem Fuß auf den anderen, bis sie endlich an der Reihe war. Sie wusste überhaupt nicht, wie sie beginnen sollte. Kein Wunder, denn in den fast drei Schuljahren, die Laura jetzt schon hinter sich hatte, war es noch nie vorgekommen, dass sie freiwillig mit einem Lehrer sprach!

Deshalb brauchte Frau Hartung, die Handarbeitslehrerin, auch eine ganze Weile, bis sie begriff, dass Laura etwas von ihr wollte.

„Ja bitte?", fragte sie schließlich, nachdem sie Laura endlich bemerkt hatte.

„Ich wollte gern einen Vorschlag machen ...", begann Laura unsicher.

Jetzt fuhr Frau Hartungs Kopf blitzschnell in die Höhe. Wenn Laura Katz einen Vorschlag machte, war das mindestens so ungewöhnlich wie dichtes Schneetreiben in dieser Jahreszeit!

„Ja bitte!", sagte Frau Hartung deshalb noch einmal, gespannt wie ein Flitzebogen, was nun kommen würde.

Laura stand der Schweiß auf der Stirn. Aber sie hatte nun einmal begonnen. Jetzt musste sie die Sache auch durchstehen. Und schließlich ging es um Li Su!

„Ich wollte einen Vorschlag für unsere Projektwoche machen", brachte Laura schließlich hervor.

„Und an was hattest du da gedacht?"

„Es hat nicht wirklich etwas mit Handarbeiten zu tun."

„Das hätte mich auch gewundert", schmunzelte Frau Hartung.

„Aber mit Handwerken!"

„Nun sag doch schon, Laura! Ich bin ganz neugierig!",

drängte die Lehrerin ungeduldig.
„Ich möchte einen kleinen Tempel aus Bambus bauen."

Jetzt war es raus. Laura wartete auf Gelächter. Sie hatte fest damit gerechnet, wieder einmal ausgelacht zu werden. Aber Frau Hartung stellte nur ein paar ganz sachliche Fragen: *„Du meinst, das passt zu unserem Thema für die Projektwoche, das in diesem Jahr ‚Ferne Länder' heißt?"*
Laura nickte heftig.
„Hast du eine Vorstellung davon, wie so ein Tempelchen aussehen sollte?"
Laura nickte wieder und zog hinter ihrem Rücken das Buch über Tibet hervor, klappte es auf und zeigte der Lehrerin das große Foto, worauf ein kleiner Tempel ganz aus Bambus abgebildet war. Wunderhübsch lag er wie ein Puppenhaus zwischen Pflanzen und Moospolstern.
Frau Hartung gefiel der Tempel. Sie murmelte: *„Das könnte man tatsächlich machen. Bambus gibt es im Gartencenter preiswert. Man kann ihn leicht zuschneiden und*

mit Bast alles zusammenflechten ... Wo ist dieses Foto gemacht? In Tibet?"

Bei dem Wort „Tibet" schaute Frau Hartung Laura allerdings mit einem solch schrägen Blick an, dass die sich nicht sicher war, ob auch das ganze Lehrerkollegium davon wusste, dass sie zu Hause behauptet hatte, mit einer tibetanischen Rennschnecke befreundet zu sein.

„Wie kommst du denn auf Tibet?", wollte Frau Hartung schließlich wissen.

Laura beschloss, einfach vage mit den Achseln zu zucken. Bisher war die Sache besser gelaufen, als erwartet. Aber sie musste jetzt wissen, ob Frau Hartung dieses Projekt wirklich verfolgen würde!

„Werden wir denn solche Tempel in der Projektwoche bauen?", fragte Laura mutig.

Frau Hartung überlegte kurz. Diese Laura Katz war noch nie so aus sich herausgegangen wie heute. Es schien ihr ungeheuer wichtig zu sein, dass ihr Projektvorschlag angenommen wurde. Frau Hartung war nicht dumm. Sie beschloss, diese einmalige Chance zu nutzen. Bedächtig nickte sie mit dem Kopf: *„Gut. Wir könnten es versuchen. Die Arbeit passt zum Thema, ist für euch nicht zu kompliziert, das Material ist nicht zu teuer. Aber bevor ich deinen Vorschlag wirklich annehme, Laura, möchte ich, dass jeder Schüler morgen in unserer Kunststunde ein solches Tempelchen malt, als Entwurf für seine Projektarbeit. Und Laura: Sollte dein Entwurf schwarz ausfallen, sehe ich schwarz für dein Projekt."*

8. Kapitel

Zeichenstunde

Laura saß im Salatbeet, auf den gekreuzten Beinen einen Zeichenblock, die blaue Rennschnecke auf ihrem linken Knie und das Buch mit der Abbildung des Bambustempelchens vor sich.
Li Su schniefte immer noch gerührt vor sich hin und hauchte von Zeit zu Zeit: *„Das willst du wirklich für mich tun? Diese Tempel sind so schön …"*
Doch Laura jammerte: *„Ich will schon, aber ich weiß nicht, ob ich kann! Die olle Hartung hat mich in der Hand. Wenn ich nicht auf mein geliebtes Schwarz beim Malen verzichte, wird die Klasse keine Tempel bauen. Das ist sicher. Und du glaubst gar nicht, wie schwer das ist, plötzlich wirklich zu malen! Ich kann mich noch nicht einmal entscheiden, auch nur einen einzigen farbigen Punkt aufs Papier zu setzen."*

Li Su ließ sich erzählen, warum Laura bisher alles immer ganz in Schwarz gemalt hatte. Als Laura ihren Bericht beendet hatte, nickte Li Su. Sie verstand die Sache mit den schwarzen Bildern ganz gut. Und sie konnte sich auch recht gut vorstellen, wie schwer es war, nun dieses Schwarz aufzugeben und Farbe zu bekennen.
Aber da Li Su eine ziemlich kluge Schnecke war, wusste sie, was zu tun war.
„Nur Mut!", riet sie Laura. *„Alles, was du brauchst, ist ein kleines bisschen Hilfe für den Anfang. Ich bin sicher, dass*

du jetzt alt und geschickt genug bist, wirklich schöne Bilder aus deinen Stiften auf das Papier zu schicken. Vielleicht fehlt dir ein wenig Übung, weil du bisher mit deinem Schwarz allen Schwierigkeiten ausgewichen bist. Gib zu, schwarz zu malen war irgendwie auch eine bequeme Lösung."
Laura wurde bei diesen Worten ein wenig rot. Man konnte Li Su einfach nichts vormachen. Aber deshalb wusste Laura immer noch nicht, wo sie beginnen sollte.

„Setz mich mal auf deinen Block!", bat Li Su schließlich. *„Wir sollten keine Zeit verlieren. Bis morgen können wir noch üben."* Kaum befand sich die Schnecke auf dem Block, kommandierte sie: *„Mir nach!"* Und völlig verblüfft sah Laura, wie die Rennschnecke ziemlich zügig über das Papier glitt.
Ungeduldig blickte sie sich um. *„Ich habe doch gesagt, du sollst mir folgen!"*

„Ich soll über das Blatt laufen?", fragte Laura ungläubig. Li Su rollte ungeduldig mit den Augen. *„Du sollst mir mit deinem Stift folgen!"*, befahl sie und kroch weiter.

Fieberhaft überlegte Laura, welche Farbe sie wählen sollte. Natürlich: Blau. Und ohne zu zögern glitt ihr Stift hinter der Rennschnecke her. Ein Umriss entstand. Es war die Silhouette einer Wolke. Dann schien Li Su sich zu verfärben. Hastig griff sich Laura einen grünen Stift. Berge, Bäume und sanfte Wiesen erschienen. Es war ganz leicht.

Als Lauras Mutter einmal wieder besorgt in Richtung Salatbeet blickte, wo ihre schwierige Tochter merkwürdigerweise neuerdings halbe Tage verbrachte, staunte sie nicht schlecht: Laura saß im Beet, umgeben von einem ganzen Berg von Zeichenblockblättern, die sich um sie herum auftürmten. Auf den Blättern war in vielen Abwandlungen immer dasselbe Motiv zu sehen: eine Berglandschaft mit sonnenüberfluteten Tälern, freundlichen Wolken am Himmel und einem Bergpfad, an dessen Seite ein kleines Gebäude aus Bambus stand. Lauras Mutter traten Freudentränen in die Augen.
„Immer noch Tibet. Das ist schlecht", murmelte sie. *„Aber keine schwarzen Bilder mehr. Das ist sehr gut!"*

Laura hatte so lange gequengelt, bis Li Su sich bereiterklärte mitzukommen. Beide wussten, dass sie eigentlich ein großes Risiko eingingen, aber Li Su war fürchterlich neugierig, endlich einmal die Schule zu sehen, von der

Laura immer berichtete. Und Laura behauptete steif und fest, ohne Li Su sei sie nicht fähig, auch nur einen Strich aufs Papier zu bringen.

Deshalb trug sie am nächsten Tag ihre Schultasche, in der sich in einer kleinen Dose die Rennschnecke befand, wie ein rohes Ei zur Schule. Sie hatten gleich in der ersten Stunde Kunst bei Frau Hartung. Laura bekam feuchte Hände, als die Lehrerin erklärte, was die dritte Klasse an diesem Tag zeichnen würde: einen Entwurf für den Bau einer kleinen Bambushütte in ihrer Projektwoche. Frau Hartung hatte noch drei weitere Bilder in Büchern über Asien aufgetrieben, in denen ähnliche Tempel abgebildet waren wie in Lauras Buch. Die zeigte sie überall bei den Schülern herum. In der Klasse herrschte große Verwunderung, als klar wurde, wessen Vorschlag es gewesen war, Bambushütten zu bauen. Lauras Mitschüler tuschelten und blickten verwundert zu ihr hinüber.

Laura legte sorgfältig alles zum Malen zurecht. Sie hatte reichlich Platz, denn sie saß allein an einem Tisch. Zuletzt setzte sie Li Su darauf. Sie hatte mit der Schnecke abgesprochen, dass die sich wirklich nur im äußersten Notfall bewegen dürfe. Bis dahin sollte sie stocksteif sitzen und so tun, als wäre sie ein Radiergummi. Laura fand diese Idee brillant! Schließlich gab es Radiergummis in allen Farben und Formen in der Klasse: Fußbälle, Gespenster, eine Möhre und vieles mehr. Weshalb sollte da nicht einmal eine blaue Schnecke dabei sein?

„Mach es einfach genau so, wie wir es gestern geübt haben!“, ermunterte Li Su ihre Freundin unhörbar. Laura nickte knapp und griff zu den ersten Stiften. Bald war sie völlig in ihre Arbeit vertieft. Sie bekam nicht einmal mit, dass ihr Radiergummi unauffällig näher rutschte und langsam begann, breit zu lächeln. Li Su hatte auch allen Grund zu lächeln, denn das Bild, das auf Lauras Zeichenblock entstand, versprach, wirklich schön zu werden.

Auch Frau Hartung war interessiert, was sich bei Laura zeigen würde, die bisher beharrlich schwarz oder überhaupt nicht gemalt hatte. Leise näherte sie sich Lauras Tisch und blickte ihrer Schülerin über die Schulter.
„Sehr schön, Laura!“, lobte sie ganz begeistert, nachdem sie einen Blick auf das entstehende Bild geworfen hatte.

9. Kapitel
Vorsicht: Bissig!

Frau Hartung wollte sich ein wenig zurückhalten, um Laura nicht gleich in der ersten Phase ihrer gelungenen Arbeit zu stören. Deshalb murmelte sie nur: *„Weiter so!"*, und ging zum nächsten Tisch.

Laura zwinkerte Li Su zu, die zwinkerte zurück. In diesem Moment langte eine Jungenhand plötzlich auf Lauras Tisch, griff nach Li Su und Jens verkündete: *„Ich brauch' mal deinen Radierer. Coole Form. 'Ne Schnecke ...!"*
Jens war ein absolutes Ekel, groß und stark und schon zweimal sitzengeblieben. Das war bis zur dritten Klasse eher ein Kunststück! Aber Jens hatte es mit Leichtigkeit geschafft. Niemand in der Klasse mochte ihn wirklich. Weil er jedoch so groß und stark war, kam man nicht darum herum, ihn zur Kenntnis zu nehmen. Dafür sorgte er schon!

Wie gelähmt sah Laura, wie er nach Li Su grapschte. Die Worte blieben ihr buchstäblich vor Schreck im Halse stecken. Damit hatte sie nicht gerechnet!
Aber zum Glück hatte Li Su aufgepasst! Gerade als Jens sie packen wollte, biss sie mit aller Kraft zu. Jens jaulte auf, zog blitzschnell seine Hand zurück und fuchtelte damit in der Luft herum.

„Dein verdammtes Miststück von einem Radiergummi hat mich gebissen!", schrie er aufgebracht.

„Jens!“, fuhr Frau Hartung auf. *„Radiergummis beißen nicht! Und bitte nicht diese schreckliche Ausdrucksweise! Setz dich sofort wieder auf deinen Platz!“*
Jens dachte nicht daran, zu tun, was seine Lehrerin ihm aufgetragen hatte. Das tat er eigentlich nie und deshalb war er wohl auch schon zweimal sitzengeblieben. Aufgebracht sprang er auf Frau Hartung zu und wedelte mit seiner ziemlich unsauberen Hand unter ihrer Nase auf und ab. Dabei zeterte er: *„Aber es stimmt doch. Der blöde Radiergummi hat gebissen! Man kann es deutlich sehen. Wo er mich erwischt hat, ist alles ganz blau geworden.“*

Frau Hartung schob Jens' Hand von sich, als hätte sie es mit einem ziemlich ekeligen Tier zu tun. Dann bugsierte sie den Jungen zurück an seinen Platz.
Betont ruhig schlug sie vor: „*Möchtest du vielleicht deine Beschwerde der Rektorin vortragen? Du kannst ihr gern erzählen, dass dich Lauras Radiergummi gebissen hat und dein Finger an der Bissstelle blau geworden ist. Das mit dem Blauwerden würde ich allerdings nicht erwähnen, denn deine Finger sind so schmutzig, dass da alle Farben des Regenbogens und eine Menge Grau zu sehen sind. Die Rektorin könnte auf die Idee kommen, sich deine Hände genauer anzusehen.*"

In der Klasse machte sich ein allgemeines Kichern breit. Laut zu lachen wagte niemand, denn Jens hätte jeden Lachenden sicher hinterher eingehend gefragt, was denn so komisch an der Situation gewesen sein sollte.
In dem allgemeinen Wirrwarr fiel niemand auf, dass Laura leichenblass geworden war. Li Su flirrte einmal blitzschnell über den Tisch und zwinkerte in Richtung auf ihre Transportdose. Laura begriff und brachte sie augenblicklich in der Dose in Sicherheit.

Am Ende der Stunde gab Laura ihr Bild ab. Es gefiel ihr selbst sehr gut, denn es war so schön geworden, wie sie es sich vorgestellt hatte. Von Frau Hartung bekam sie nochmals ein großes Lob.
Es fühlte sich gut an, einmal gelobt zu werden in der Schule. Allzu oft hatte Laura das noch nicht erlebt.

Während die Klasse wartete, dass der Lehrer kam, der in der zweiten Stunde unterrichten sollte, hatte Laura plötzlich so ein prickelndes Gefühl im Nacken. Sie drehte sich um. Gleich hinter ihrem Stuhl stand Robert, den alle nur Bob nannten, und starrte sie unverwandt an. Bob war noch nicht lange in Lauras Klasse, erst seitdem seine Eltern kürzlich umgezogen waren.

Er wandte den Blick nicht ab. Laura wurde es ganz unbehaglich zumute. Konnte denn nicht endlich der Lehrer kommen? Was hatte Bob nur, dass er sie so anstarrte?
Gerade betrat Herr Dürr die Klasse, da neigte sich Bob überraschend zu Laura herüber und flüsterte: *„Ich weiß ja nicht, was Frau Hartung oder Jens gesehen haben. Aber ich habe gesehen, dass sich dein komischer Radiergummi bewegt hat . Und er hat gebissen. Da bin ich mir sicher!"*

Zweimal rief Herr Dürr Laura in der nächsten Stunde auf, aber die war so abgelenkt, dass sie keine Ahnung hatte, worum es gerade in der Unterrichtsstunde ging. Also schwieg sie. Da aber alle Lehrer ein beharrliches Schweigen von Laura gewohnt waren, fiel es nicht weiter auf.
Verstohlen blickte Laura ein paarmal zu Bob hinüber. Jedes Mal trafen sich ihre Blicke genau, sodass Laura gleich wieder wie ertappt die Augen niederschlug.
In stiller Zwiesprache fragte sie Li Su: *„Was soll ich bloß tun? Ich glaube langsam wirklich, Bob hat dich gesehen."*
„Wieso soll er mich nicht gesehen haben? Unsichtbar bin ich ja nun nicht. Nur bei Höchstgeschwindigkeit. Und davon

bin ich weit entfernt, solange ich kein Haus habe", erwiderte Li Su leichthin.
„Das meine ich nicht! Ich meine, er hat bemerkt, dass du lebst, dass du kein Radiergummi bist." Laura bemühte sich, ganz deutlich zu denken. Das fiel ihr um einiges schwerer, als einfach laut mit Li Su zu sprechen. Aber die Schnecke verstand sie offensichtlich.
„Na und?", entgegnete Li Su immer noch gelassen. *„Isst er etwa Schnecken? Oder hat er einen Grompf zu Hause?"*
Laura wurde langsam ärgerlich. *„Li Su, du verstehst mich nicht! Was ist denn nun, wenn jemand außer mir noch weiß, dass es dich gibt, dass du lebst, dass du durch Gedankenübertragung mit mir sprichst und dass du blitzschnell rennen kannst?"*
„Na und?", tönte es nochmals in Lauras Kopf. *„Dann gibt es eben einen weiteren Menschen, der sich mit dem Gedanken anfreunden muss, dass es tibetanische Rennschnecken gibt. Hauptsache, dieser Bob ist nett und will mir nichts Böses. Wie ist er denn so?"*
Laura überlegte. Eigentlich wusste sie gar nichts über Bob. Nur, wo er wohnte und wie er aussah. Sonst nichts. Er schien ein wenig schüchtern zu sein, denn allzu viel war von ihm nicht in der Klasse zu hören und zu sehen.
„Dann ist es höchste Zeit", ließ sich Li Su wieder vernehmen, *„dass du herausfindest, was dieser Bob für ein Mensch ist."*
„Und wie?", fragte sich Laura innerlich.
„Du musst ihn kennenlernen!", riet Li Su. *„Du musst es genauso machen wie bei mir. Sprich mit ihm. Dann wirst du*

auch herausfinden, was er für ein Mensch ist."
Laura seufzte. So schön ihre Freundschaft mit Li Su auch war, diese Schnecke machte ihr sonst so ruhiges Leben ziemlich anstrengend. Jetzt sollte sie, nachdem sie heute schon ein buntes Bild gemalt hatte, auch noch anfangen, einen Klassenkameraden kennenzulernen!

10. Kapitel

Jemanden kennenlernen

Schon auf dem Heimweg von der Schule hatte Laura ganz unerwartet Gelegenheit, Bob näher kennenzulernen. Kaum war sie durch das Schultor gegangen, lauerte Jens ihr auf. Er packte sie hart am Arm und zog sie unangenehm dicht zu sich heran.

„*Wieso hat dein blöder Radiergummi mich gebissen, he?*", fauchte Jens Laura von oben herab an, denn er war gut einen Kopf größer als sie.

Laura erschrak zutiefst. Jens hatte einen lausig schlechten Ruf. Er prügelte und schlug sich ständig. Laura konnte aber mit Li Su in der Schultasche keine Prügelei riskieren, ja sie konnte nicht einmal davonlaufen. Denn dann würde Li Su gnadenlos durchgeschüttelt werden. Und sie war ja so empfindlich ohne ihr Schneckenhaus …

Bevor Laura sich jedoch Gedanken machen konnte, was zu tun sei, stand plötzlich Bob an ihrer Seite.

„*Lass sie los!*", befahl Bob dem viel größeren Jens.

„*Und warum sollte ich das tun?*", fragte der spöttisch.

„*Weil ich sonst überall rumerzähle, dass du dich von Radiergummis kleiner Mädchen beißen lässt*", erwiderte Bob.

Jens überlegte. Das ging bei ihm nicht allzu schnell. Aber schließlich ließ er Laura los, denn er schien doch um seinen Ruf zu fürchten, wenn sich herumsprach, dass er an beißende Radiergummis glaubte. Dann zog er endlich ab.

Laura rieb sich ihren Arm. *„Danke!"*, brachte sie ein wenig mühsam heraus.
Bob lächelte nur und machte sich dann auf den Heimweg.
„Warte!", rief ihm Laura hinterher.
Verwundert drehte Bob sich um. Laura benahm sich heute wirklich ganz anders als sonst. Normalerweise sprach sie freiwillig kaum ein Wort mit einem ihrer Mitschüler.
„Warte!", wiederholte Laura noch einmal und ging die paar Schritte, bis sie Bob erreicht hatte. *„Warum sagst du mir erst, du seist sicher, dass mein Radiergummi beiße, und dann tust du bei Jens so, als gäbe es so etwas nicht?"*

Bob zuckte mit den Schultern. *„Wie hätte ich denn Jens sonst loswerden können? Mit dem können wir es nicht mal zusammen aufnehmen. Und so wie du deine Schultasche trägst, möchtest du damit nicht in eine Rauferei verwickelt werden …"*
Laura wurde feuerrot.
„Ich bin … ich habe …", stammelte sie.
Aber Bob winkte ab.
„Du brauchst es mir nicht zu sagen, wenn du nicht willst. Ich würde einen beißenden Radiergummi auch vorsichtig nach Hause tragen." Damit rückte er seinen Tornister zurecht und marschierte wieder los.

Laura war verblüfft. Sie hatte fest damit gerechnet, dass ihr Bob jetzt pausenlos auf der Pelle hängen würde, um sie mit Fragen zu löchern. Er schien kein bisschen daran interessiert zu sein, warum Lauras Radiergummi so merkwürdige Fähigkeiten hatte.
„Warte …", rief sie nun schon zum dritten Mal hinter Bob her.
Der blieb stehen. Verlegen schlug Laura vor: *„Wir könnten ja ein Stück zusammen gehen … Du hast doch fast denselben Weg, oder?"*
Bob nickte und die beiden setzten sich in Bewegung.
„Was soll ich bloß sagen? Was soll ich bloß sagen?", schoss es Laura durch den Kopf.
Aus ihrer Schultasche schaltete sich Li Su, die ja nichts sehen konnte, per Gedankenübertragung ein: *„Wem willst du was sagen?"*

„Natürlich Bob!", entfuhr es Laura laut. Sie schlug sich auf den Mund, als ihr klar wurde, dass sie laut gesprochen hatte.
Bob lachte lauthals. Dann meinte er: *„Du bist schon eine ziemlich ulkige Nudel. Erst redest du wochenlang kein Wort mit mir. Dann willst du plötzlich mit mir heimgehen. Und jetzt redest du in halben Sätzen. Was willst du bloß von mir?"*
„Eigentlich nichts", erwiderte Laura verwirrt.
„Du willst doch was von ihm. Du willst ihn kennenlernen!", ließ sich Li Su wieder vernehmen.
Laura schwirrte der Kopf. Es war verflixt schwierig, innere und äußere Stimmen auseinanderzuhalten.
„Halt doch mal die Klappe. Du machst mich ganz verrückt, wenn du immer dazwischenquasselst!", sagte sie daher energisch und meinte natürlich Li Su.
„Ich sag' doch keinen Ton!", beschwerte sich Bob.
Laura schlug die Hände vors Gesicht. Nun war sie total durcheinander. *„Ich habe nicht mit dir geredet. Ich habe Li Su gemeint!"*
„Aha!", sagte Bob und sah aus wie ein Detektiv, der gerade einen schwierigen Fall gelöst hat. *„Lass mich mal raten, wer Li Su ist! Ich könnte schwören, dein Radiergummi heißt so."*
Laura starrte Bob mit offenem Mund an. Dann nickte sie langsam. Bob hatte sie hereingelegt. Hätte er sie mit Fragen bedrängt, um hinter das Geheimnis des beißenden Radiergummis zu kommen, hätte er nie etwas erfahren! Aber weil er so tat, als würde ihn die ganze Sache gar nicht interessieren, hatte er Laura dazu gebracht, sich zu verplappern!

Lauras Mutter war völlig aus dem Häuschen, als es am Nachmittag klingelte und ein Junge vor der Tür stand. Er sagte ziemlich wohlerzogen: *„Guten Tag, Frau Katz. Mein Name ist Robert. Ich bin ein Klassenkamerad von Laura, und wir haben uns heute Nachmittag verabredet."*

„Robert? Ach wie nett! Da freue ich mich aber, dass Laura endlich einmal jemanden aus ihrer Klasse einlädt! Komm doch herein. Laura! LAURA! Du hast Besuch!", rief Frau Katz die Treppe hinauf in Richtung Kinderzimmer.

Laura kam die Treppe heruntergepoltert. Etwas verlegen stand sie dann an der Haustür.

„Hallo Bob!", sagte sie. Dann wusste sie nicht weiter.

„Willst du deinen Gast nicht auf dein Zimmer bitten?", erkundigte sich Frau Katz.

Unwillkürlich schüttelte Laura den Kopf. In ihr Zimmer gehen? Das hatten sie nicht vorgehabt.

„Wir wollten eigentlich in den Garten", schaltete sich Bob ein. *„Laura hat mir erzählt, sie hätte so gute Erfolge beim Ziehen von Salatpflanzen. Ich interessiere mich sehr für Salat. Das wollte ich mir unbedingt einmal ansehen."*

Laura und Bob zogen ab in den Garten. Entgeistert blickte Frau Katz ihrer Tochter hinterher. *„Schon wieder Salat? Das ist schlecht!"*, murmelte sie. *„Aber endlich mal ein Freund? Das ist gut. Sehr gut!"*

11. *Kapitel*

Beweise

„Ich glaube es einfach nicht!“, flüsterte Bob zum dritten Mal. Nachdem sie mit Bob den Gemüsegarten und die Salatbeete erreicht hatte, bat Laura Li Su, ihre Transportdose zu verlassen. Vor den Augen des Jungen flirrte es mittelschnell, als Li Su hervorschoss. Von ihrer Höchstgeschwindigkeit war sie meilenweit entfernt, aber es reichte immer noch, um es flimmern zu lassen, wenn sie sich Mühe gab. Ruhig setzte sich die Schnecke auf einen kleinen, flachen Stein, den Laura ihr wie eine Sonnenterrasse vor den Blumentopf gelegt hatte, in dem sie wohnte.

Bob musterte Li Su von allen Seiten: den blauen Körper, den freundlich lächelnden Mund, die Augen auf den gegabelten Stielchen mit den dichten Wimpern.

„Kann er mich verstehen?“, erkundigte sich Li Su bei Laura.

Laura blickte Bob aufmerksam an. Der zeigte auf die Worte der Rennschnecke keine Reaktion.

„Ich glaube nicht“, stellte Laura fest.

„Was glaubst du nicht?“, wollte nun Bob wissen.

„Li Su hat gefragt, ob du sie verstehen kannst“, erklärte Laura.

Bob fielen vor Staunen fast die Augen aus dem Kopf.

„Ihr redet miteinander? Das glaubst du doch wohl selber nicht! Ich habe keinen Ton gehört!“

„Das brauchst du auch nicht“, erklärte Laura. *„Li Su teilt mir immer alles per Gedankenübertragung mit. Telefonie, weißt du?“*

„Telepathie!", korrigierte Li Su.
„Sie sagt ‚Telepathie'. Verflixt, das kann ich mir einfach nicht merken!", ärgerte sich Laura.
Bob schnappte nach Luft. Eine offensichtlich zahme blaue Schnecke hatte er ja noch nie gesehen. Aber dass sie mit einem Menschen sprach, schien ihm wirklich unglaublich!
„Das kann ja jeder behaupten. Beweis doch mal, wie du mit der Schnecke redest!", forderte er misstrauisch.
Laura lachte. *„Wie soll ich denn beweisen, was ich nur innerlich höre?"*, fragte sie.
Bob hatte keine Ahnung, aber einen Beweis, dass Li Su und Laura irgendwie miteinander sprachen, wollte er haben. Unbedingt!
Laura grübelte, bis sich plötzlich wieder Li Su vernehmen ließ: *„Sag Bob doch, er soll sich ausdenken, wo ich hinkrabbeln soll. Wenn ich das dann tue, ist doch bewiesen, dass Menschen mit mir sprechen können."*
Laura fand diesen Einfall gut und erklärte ihn Bob. Der war einverstanden und forderte als Erstes: *„Sie soll mal im Kreis krabbeln."*
„Du sollst ma ...", setzte Laura an, aber da unterbrach Li Su sie bereits: *„Ich weiß schon. Ich soll im Kreis kriechen. Er denkt gerade ziemlich deutlich. Ich kann ihn verstehen."*
Es flimmerte blau vor den Augen der Kinder, Li Su verschwand und tauchte dann wieder auf.
„Zu schnell. Ich habe nichts gesehen!", beschwerte sich Bob kopfschüttelnd.
Also kroch Li Su im „Schneckentempo" noch einmal im Kreis herum.

Bob war beeindruckt, aber immer noch nicht überzeugt. *„Vielleicht ist sie darauf dressiert, nur im Kreis zu laufen"*, vermutete er. *„Oder sie kennt sogar das Wort ‚Kreis'. Diesmal schreibe ich auf einen Zettel, wie Li Su laufen soll. Wenn du ihn liest"*, erklärte er Laura, *„und deine Gedankenübertragung machst, dann müsste die Schnecke ja wissen, wohin sie laufen muss, ohne dass einer von uns beiden etwas sagt."*

Laura zuckte mit den Achseln. Ihr war es recht. Sie besorgte Papier und Stift. Noch während Bob schrieb, hörte sie Li Su sagen: *„Ich weiß es schon wieder. Er möchte, dass ich mich auf meinen Blumentopf setze."* Und mit einem „Hui" rutschte sie hinauf.

Nun war Bob überzeugt, dass Li Su sich mit Laura und Laura sich mit Li Su verständigen konnte. Er war begeistert.

„Was ist sie denn nun für ein Tier?", wollte er wissen. *„Ist sie eine Außerirdische?"*
„Nein", lachte Laura, *„aber sie kommt von ganz weit her. Sie ist eine tibetanische Rennschnecke."*
„Wieso ist sie so unglaublich schnell?"
„Danach habe ich noch nie gefragt", musste Laura leider zugeben.
Li Su gab ihr zur Antwort: *„Wir Rennschnecken in Asien haben im Gegensatz zu allen anderen Schnecken Schlitzaugen. Weil wir auch aus den Augenwinkeln alles beobachten können und dadurch einen unglaublich guten Überblick haben, können wir es uns leisten, unsere Höchstgeschwindigkeit zu entwickeln. Schnecken mit einfachen Kugelaugen sehen sehr schlecht und bewegen sich deshalb lieber ganz langsam."*
Laura erklärte Bob Li Sus Antwort. Den ganzen Nachmittag saß sie mit ihrem Klassenkameraden im Salatbeet und spielte den Dolmetscher zwischen der Schnecke und dem Jungen. Es war aufregend, ihr Geheimnis mit jemandem zu teilen! Bald wusste Bob, wie es Li Su in Lauras Salatbeet verschlagen hatte. Und auch ihm war klar, dass die Rennschnecke möglichst bald in ihre Heimat zurück musste. Bevor Bob nach Hause ging, versprach er Laura: *„Ich werde dir helfen, einen kleinen Bambustempel für Li Su zu bauen. Und wir werden zusammen irgendeinen Weg finden, Li Su wieder zurück nach Tibet zu schaffen."*
„Siehst du!", tönte es in Lauras Kopf. *„Ich habe es dir doch gesagt: Freunde helfen. Es sieht ganz so aus, als hätten wir jetzt einen Freund!"*

12. Kapitel
Der Bambustempel

Bob hielt sich in der Schule treu an Lauras Seite, bis neuer Dreck den blauen Fleck auf Jens' Finger überdeckt und er den Biss des „Radiergummis" vergessen hatte.
Kurz vor den Sommerferien, wenn sowieso keiner mehr in der Schule so rechte Lust aufs Lernen hatte, wurde immer die sogenannte Projektwoche veranstaltet. Meist wurde dabei zu einem bestimmten Thema gebastelt und gewerkelt. In diesem Jahr hieß das Thema zum Glück „Ferne Länder". Und Lauras Klasse bastelte tatsächlich kleine Bambustempel. Frau Hartung hatte alles nötige Material besorgt, und als sich in der Klasse Bambusstangen, Rosenscheren, Bast, Sägen und Holzleim stapelten, konnte Laura es kaum erwarten, endlich loszulegen.
Sonst war es immer unglaublich unangenehm für sie gewesen, wenn Lehrer bei ähnlichen Gelegenheiten gesagt hatten: *„Sucht euch einen Partner!"* Bisher hatte Laura immer für sich allein gearbeitet. Aber jetzt tat sie sich wie selbstverständlich mit Bob zusammen.
Natürlich hatten die beiden vor Beginn der Arbeiten mit Li Su ausführlich über deren Wünsche gesprochen. Die Rennschnecke hatte ihnen manchen Tipp gegeben, denn in ihrer Heimat hatte sie regelmäßig die kleinen Tempel besucht, die am Wegrand standen.
Dort durfte keinem Lebewesen ein Leid geschehen, sodass die Schnecke sich ganz sicher fühlen konnte, wenn Menschen kamen, um zu beten und zu meditieren. Und dort

hatte sie auch gelernt, wie man mit Menschen Gedanken austauschen kann.

Weil Laura und Bob sich schon so viele Gedanken über ihr Projekt gemacht hatten, fügten sie bereits die ersten Bambusstäbe zusammen, als ihre Klassenkameraden noch überlegten, wie sie überhaupt anfangen sollten.
Frau Hartung kam aus dem Staunen gar nicht mehr heraus. Vor wenigen Tagen noch war dieses Mädchen so stumm wie ein Fisch gewesen, hatte mit niemandem Kontakt haben wollen, ganz merkwürdig und eigenwillig nur auf seine Weise gearbeitet – und nun? Nun arbeitete sie Hand in Hand mit ihrem neuen Klassenkameraden Bob zusammen und redete sich den Mund fusselig, um ihn davon zu überzeugen, dass Li Su die Fundamente des Bambustempels sicher gern ein wenig größer hätte.

„Wer ist Li Su? Kennt ihr etwa jemanden aus Asien, der uns helfen könnte?“, schaltete sich Frau Hartung neugierig in das Gespräch der beiden jungen Architekten ein. Sie war nicht wenig verblüfft, als beide Köpfe wie ertappt hochfuhren und dunkelrot anliefen.
„Li Su ist eine Freundin“, stotterte Laura schließlich.
„Aber herkommen kann sie auf keinen Fall!“, setzte Bob schnell hinzu.
„Wieso nicht?“, wunderte sich Frau Hartung.
Bob und Laura blickten sich ratlos an. Dann hatte Laura die rettende Idee: *„Sie ist unsere Brieffreundin! Wohnt ganz weit weg!“*

Bob ließ hörbar erleichtert Luft ab. *„Jaja. Unsere Brieffreundin"*, wiederholte er überflüssigerweise.

Frau Hartung nickte langsam. Irgendetwas Merkwürdiges ging hier vor. Die Kinder verheimlichten ihr etwas. Das spürte sie genau. Frau Hartung war, wie jeder Mensch, neugierig. Aber sie war zum Glück auch klug genug, um sich zu sagen, dass sie den Kindern ihr Geheimnis besser ließ, wenn sie wollte, dass sich Laura weiterhin so gut veränderte.

Laura und Bob machten buchstäblich drei Kreuze, als ihre Lehrerin sich endlich abwandte, um anderen Kindern in der Klasse mit Rat und Tat zur Seite zu stehen.
Mit Feuereifer werkelten sie dann weiter. Es war eigentlich nicht schwer: Mit einer guten Rosenschere schnitt man die dünneren Bambusstäbe einfach auf die benötigte Länge; die dickeren ließen sich leicht zersägen. Und dann fügte man alles mit Holzleim zusammen und sicherte mit Bast. Es war fast so, als würde man ein kleines Blockhaus bauen. Aber natürlich wollten Laura und Bob nicht nur einen schlichten Kasten mit Dach zusammenzimmern.

Li Su hatte ihnen eine Menge erklärt über die Gestaltung und Harmonie von Gebäuden in ihrer Heimat, wo hier ein Vordach und dort ein Giebelchen wahre Schönheit erzeugten. Und so wuchs das gemeinsame Werk. Die Schulstunden vergingen wie im Flug. Drei Projekttage lang wurde immer gearbeitet, am vierten Schultag dann wur-

den die Eltern eingeladen, um in einer Ausstellung zu bewundern, was ihre Kinder geschaffen hatten.
Lauras und Bobs Tempel war schon nach zwei Tagen fertig: Wunderschön war er geworden. Die Kinder hatten jeden Nachmittag mit Li Su zusammengesessen, die ihnen mit wertvollen Tipps immer neue Anregungen gab, wie sie ihr Werk noch besser gestalten könnten. Allerdings sprach aus dem, was die Rennschnecke sagte, auch immer mehr Sehnsucht. Und sogar Bob fiel auf, dass Li Su ständig blasser und langsamer wurde.

„Nach der Ausstellung dürfen wir unsere Arbeiten mit nach Hause nehmen. Dann bringen wir ihr das Tempelchen hier in den Garten! Sag ihr das mal!", forderte Bob Laura auf, als sie wieder einmal bei der Schnecke im Salatbeet saßen.
Laura tat es.
Li Su nickte matt und lächelte wehmütig. *„Ihr glaubt gar nicht, wie sehr ich mich darauf freue!"*, erwiderte sie.

13. Kapitel
Li Su zieht um

Nachdem das eigentliche Bambusgebäude fertig war, legten Laura und Bob darum herum noch eine Art winziger Landschaft an: Sie befestigten ihr Werk auf einer Holzplatte, auf der nach und nach die Landschaft entstand mit Steinen, Moospolstern, einem ganz, ganz kleinen Teich und ein paar Pflanzen. Sie vergaßen auch nicht, kleine Zweige in die Moospolster zu stecken, an denen sie mit Zwirn winzige, bunte Papierstreifen befestigten. Denn Li Su hatte ihnen gesagt, dass in Tibet überall um die Tempel solche Gebetsfähnchen im Winde tanzen würden.

Natürlich freuten sich Laura und Bob, als die Eltern die Ausstellung besuchten und ihr Werk mit vielen *„Ahs!"* und *„Ohs!"* gelobt wurde.

Natürlich freuten sie sich, als es eine dicke fette Eins für sie beide in Frau Hartungs Notenbuch gab. Und natürlich waren sie mächtig stolz, dass die Rektorin ihrer Schule ihre Arbeit besonders auszeichnete.

Aber wirklich wichtig war ihnen das Urteil von jemand ganz anderem. Sie konnten es kaum erwarten, was Li Su zu ihrem neuen Heim sagen würde. Denn für Laura und Bob war klar: Der Bambustempel würde im Salatbeet stehen und den alten Blumentopf ersetzen, der Li Su bisher als Zuhause gedient hatte.

Lauras Vater, der sich bereiterklärt hatte, die Kinder nach Ende der Ausstellung samt ihrem Bambusbau mit dem Auto in der Schule abzuholen, verstaute die beiden Schultaschen und den Tempel mühsam im Kofferraum. Dann fragte er munter: *„Wo soll denn euer Werk stehen? Erst einen Monat bei Bob und dann einen bei Laura?"*
Wie aus einem Mund tönte es von der Rückbank: *„Nein!"*
Laura erklärte bestimmt: *„Das Tempelchen kommt in unser Salatbeet!"*
Lauras Vater schnaubte. *„Salatbeet …! Salatbeet …! Wollt ihr da den Rest eurer Jugend verbringen? Ich freue mich, dass es in ein paar Tagen Sommerferien gibt. Dann ist mal Schluss mit Salat, wenn wir in Urlaub fahren!"*

Laura wurde leichenblass.
„Ich kann doch jetzt nicht in Urlaub fahren! Ich kann doch gerade jetzt nicht von zu Hause weg!", protestierte sie.

„Oh doch, du kannst! Es kommt vielleicht etwas plötzlich, aber wir können in diesem Jahr doch in den Sommerurlaub fahren. Eigentlich freuen sich Kinder, wenn man ihnen sagt, dass sie zwei Wochen ans Meer verreisen. Aber du bist ja immer schon anders als andere gewesen."
Laura überhörte den Vorwurf. *„Zwei Wochen?"*, fragte sie mit tränenerstickter Stimme.
Ihr Vater wurde immer wütender. Was war nur wieder mit diesem verrückten Kind los? *„Jawohl! Zwei Wochen! Gleich zu Beginn der Ferien reisen wir ab. Und du, mein Schatz, wirst uns begleiten!"*

Bob griff heimlich nach Lauras Hand und drückte sie. *„Ist schon gut, Laura"*, versuchte er seine Freundin zu beruhigen. *„Wir verreisen in diesem Jahr nicht. Wir sind ja gerade erst umgezogen und ich glaube, ein Urlaub ist wegen des neuen Hauses nicht drin. Ich kümmere mich schon um … den Salat."*

Als Laura und Bob Li Su ihr neues Heim aufstellten, war die Schnecke nicht zu halten. Sie flimmerte und flirrte dreimal rundherum, bevor sie ganz langsam durch die Tür ins Innere kroch. Es dauerte eine Weile, bis sie schließlich wieder hervorkam.
Die Kinder konnten deutlich sehen, dass sie ein bisschen blauer geworden war; auch die in letzter Zeit matt herabhängenden Fühler hatten sich ein wenig gestrafft.
„Dankedankedankedanke!", flüsterte sie in einem fort. *„Fast wie daheim! Das tut gut! Sogar mit Gebetsfähnchen!"*

Erst nachdem die Rennschnecke sich etwas beruhigt hatte, bemerkte sie, was für bedrückte Gesichter die Kinder machten.
„Was ist los? Was habt ihr denn? Erlauben Lauras Eltern nicht, dass das Haus im Salatbeet steht?"
Laura schüttelte den Kopf. *„Das ist es nicht. Seit ich mich ganz allein um das Salatbeet kümmere, hat Mama mir versprochen, dass ich hier alles anstellen darf, was ich*

will. Hauptsache, es sieht ordentlich aus und sie bekommt genug Salat für die Küche."

Wider Willen musste Laura dann doch grinsen, als sie Li Su mitteilte: *„Aber Mama hat trotzdem ganz schön dumm aus der Wäsche geguckt, als wir ihr gesagt haben, dass der Gemüsegarten jetzt einen Bambustempel bekommt … ‚Was sollen denn die Nachbarn denken?', hat sie als Erstes gefragt."*

„Ist das wichtig, was die Nachbarn denken?“, wollte Li Su wissen.
Bob und Laura prusteten los.
„Für Mama schon“, erklärte Laura.
„Wenn es nicht die Nachbarn sind, was ist es denn dann?“, fragte Li Su.
„Ich muss in Urlaub fahren“, sagte Laura mit Grabesstimme.
Die Rennschnecke hatte keine Ahnung, was das bedeutete.
„Urlaub? Was ist das denn?“
Und Laura und Bob erklärten ihr, was ein Urlaub ist und weshalb Laura auf keinen Fall in Urlaub fahren wollte. Und dass sie doch musste, weil man Kinder im Alter von neun Jahren nicht allein zu Hause lässt.

14. Kapitel
Urlaubszeit

Laura und Bob hatten hin und her überlegt, ob sie nicht doch versuchen sollten, Lauras Eltern zu erklären, weshalb Laura auf keinen Fall in Urlaub fahren wollte. Aber immer wenn Laura es tatsächlich versuchte und einen Satz begann, in dem die Worte „Salatbeet", „tibetanisch" oder gar „Rennschnecke" vorkamen, reagierten ihre Eltern mehr als hektisch. An einem Abend schnitt ihr Vater ihr das Wort ab. Lauter als nötig sagte er: *„Ich dachte, diesen überkandidelten Blödsinn hättest du endlich hinter dir? Hast doch ein paar ganz vielversprechende Ansätze gemacht am Ende des Schuljahres. Sprichst mit deinen Lehrern. Malst farbig. Hast sogar einen Freund, auch wenn der mit seinem Salatfimmel ein bisschen merkwürdig ist. Also hör endlich mit diesem Quatsch auf und komm auf die Erde wie jeder vernünftige Mensch!"*
Die Kinder waren sicher, es wäre nicht gut für Li Su, wenn man die Erwachsenen zwingen würde, sie zur Kenntnis zu nehmen.

Am Abend vor ihrer Abreise saß Laura schweren Herzens im Salatbeet, um sich von Li Su zu verabschieden.
„Es sind ja nur zwei Wochen!", sagte sie tapfer.
Li Su nickte. Eingekuschelt in die Moospolster vor ihrem Bambustempelchen wirkte sie nicht mehr halb so exotisch wie auf einem ganz gewöhnlichen Salatblatt. Die Gebetsfähnchen schwangen sanft im Abendwind hin und her.

„Geht es dir auch wirklich besser, seit du in deinem neuen Haus wohnst?", wollte Laura wissen.
Wieder nickte die Schnecke.
„Es könnte sein ...", begann sie.
„Was könnte sein?"
„Nun ja ... vielleicht ..."
„Sag schon, Li Su!"
„Manchmal glaube ich fast, in dem Bambustempelchen könnte mir endlich mein neues Haus wachsen."
„Das wäre gut, nicht wahr?", meinte Laura. Erneut nickte die Rennschnecke.

Laura hatte zum ersten Mal etwas gestohlen. Nicht richtig gestohlen, hatte sie sich selbst gesagt. Sie hatte nur etwas an einen anderen Ort gelegt, nämlich den Schlüssel zur Gartentür. Der Garten von Familie Katz ließ sich entweder durch das Haus, die Garage oder die Gartenpforte betreten, die allerdings fast nie benutzt wurde. Die Gartenpforte führte auf einen winzigen Weg, der sich zwischen Katz' Garten und dem der Nachbarn entlangschlängelte. Dieser Weg mündete genau in die Straße, an der keine fünfhundert Meter entfernt Bobs Elternhaus lag. Laura hatte für Bob den Schlüssel zur Gartenpforte unter den Platten versteckt, die den Durchgang vom Weg in den Garten bedeckten.

Gleich am Tag von Lauras Abreise kam Bob und hob vorsichtig die zweite Platte von links an. Da! Wie versprochen, hatte Laura den Schlüssel für die Tür dort versteckt. Die bei-

den hatten abgesprochen, dass Bob jeden Tag in den Garten gehen und nach Li Su sehen würde.
Nach seinem ersten Besuch schrieb er Laura gleich wie versprochen einen Brief, in dem er ihr mitteilte, er habe den Schlüssel gefunden und mit Li Su sei alles in bester Ordnung. Obwohl es teurer war, einen Brief zu verschicken als eine Postkarte, hatten sie sich für Briefe entschieden. Das fehlte noch, dass Lauras Eltern die Nachrichten lesen konnten! Briefe hatten wenigstens einen Umschlag und ermöglichten damit eine Art Privatleben.
Bei seinem zweiten Besuch im Garten bekam Bob allerdings einen gehörigen Schrecken.

Später schrieb er folgenden Brief:

Liebe Laura,
du glaubst nicht, was mir heute passiert ist!
Ich sitze bei Li Su und wir versuchen, uns irgendwie zu verständigen. Da huscht plötzlich Li Su weg. Ich schaue auf und wen sehe ich? Frau Meierlein, eure Nachbarin, die den Briefkasten leert und im Haus nach dem Rechten gucken soll.
Die fragt mich gleich: „Was machst du denn hier?"
Da war ich aber in der Klemme! Dann hatte ich einen Geistesblitz. Ich sagte: „Ich passe auf Lauras Salatzucht auf."
Frau Meierlein wunderte sich: „Seit wann muss man denn auf Salat aufpassen? Und wieso redest du dabei die ganze Zeit vor dich hin?"
Ich habe geantwortet: „Laura und ich machen ein Schulprojekt. Wir wollen beweisen, dass Pflanzen viel besser wachsen, wenn man nett zu ihnen ist!"
Da hättest du die Meierlein mal hören sollen! „So einen Quatsch hat es zu meiner Zeit nicht gegeben! Was die heute alles unterrichten! Ihr solltet lieber ordentlich rechnen lernen. Und die Rechtschreibreform ist sowieso Humbug ..."
Gut zehn Minuten hat sie gewettert – und ich durfte nicht lachen. Das war vielleicht schwer!
Li Su geht es gut. Im Moment frisst sie Kirschen und sieht ein bisschen lila aus.

Viele Grüße, dein Bob

Zum Glück lief Bob Frau Meierlein nicht noch einmal in die Arme ...

15. Kapitel
Briefe

Das Wetter in den ersten beiden Ferienwochen war wunderbar: sommerlich warm und trocken. Gelegentlich kam in der Nacht ein heftiges Gewitter mit kräftigem Regen herunter, sodass die Salatpflanzen rund um Li Sus Bambushäuschen prächtig gediehen.
Bob fiel auf, dass Li Su fürchterlich viel futterte. Er war heilfroh, dass der Salat bei den günstigen Witterungsbedingungen geradezu wucherte. Frau Katz hätte sonst sicher bei ihrer Rückkehr angesichts des gewaltigen Appetits von Li Su, der geradezu Schneisen in die Salatreihen schlug, eine Aktion gegen Schnecken in ihrem Gemüsegarten angezettelt.

Bobs Mutter wunderte sich nur, dass ihr Sohn immer mehr Obst und Gemüse zu brauchen schien. Angeblich ging er jeden Tag schwimmen und benötigte Verpflegung für den Aufenthalt im Freibad – doch wenn er mit seiner Badetasche verschwand, setzte er sich leise und unauffällig in Richtung von Katz' Garten ab. Dort verfütterte er seine mitgenommenen Grünfuttervorräte an Li Su.

Nach fünf Tagen war es dann endlich so weit: Als Bob den Garten betrat und das Gartentor quietschend schloss, hatte er das Gefühl, mitten in seinem Kopf würde ein großer Gong geschlagen. Ein deutliches: *„Schön, dass du kommst!"*, war für ihn zu hören. Das war Li Su.

Krampfhaft hatte Bob in den letzten Tagen versucht, so wie Laura mit der Rennschnecke zu sprechen. Im Lotussitz hatte er sich zu ihr ins Beet gesetzt und probiert, mit aller Gewalt seine Gedanken zu sammeln. Weil Laura, bevor sie Li Su kennenlernte, überhaupt nicht wusste, dass sie meditieren konnte, wusste sie auch beim besten Willen nicht, wie sie das eigentlich machte. Deshalb konnte sie Bob nicht erklären, was er tun musste, um sich zu sammeln, bis seine Gedanken sich nur noch auf eine einzige Sache konzentrierten.
Jetzt, als er den Garten betrat, hatte er intensiv darüber nachgedacht, wo Li Su wohl stecken und was sie heute alles verdrücken würde. Und nun hatte es wie ganz von allein geklappt. Bob konnte Li Su hören!

Die Schnecke kam aus Richtung der Himbeeren herbeigeflitzt. Was sie dort gemacht hatte, war deutlich zu sehen, denn sie sah aus, als hätte sie himbeerroten Lippenstift aufgelegt.
„Hallo Li Su! Du bist aber verfressen!", begrüßte Bob seine Freundin.
Li Su lächelte etwas verlegen. *„Schön, dass du endlich deine Gedanken beisammen hast"*, freute sie sich. *„Ohne Laura und die Gespräche mit ihr habe ich mich doch ein wenig einsam gefühlt."*
Bob schlug sich mit der flachen Hand vor die Stirn.
„Das hätte ich ja fast vergessen vor lauter Freude, dass es endlich klappt mit der Verständigung! Ich habe einen Brief von Laura bekommen. Warte, ich lese ihn dir vor:

Liebe Li Su, lieber Bob,
Urlaub ist ja eigentlich gar nicht so schlecht. Aber ich sehne mich so nach euch! Meine Eltern denken, ich wäre deshalb vom Urlaub so wenig begeistert, weil ich hier nicht genug Salat um mich habe. Stellt euch vor: Die haben es fertiggebracht, mir im Restaurant schon zweimal gegen meinen Willen einen Salatteller zu bestellen! Und ich hätte so gern das Hähnchen mit Pommes gehabt! Wenn ich nach den Salatbergen dann nicht in Begeisterung verfalle, sind sie enttäuscht. Warum bloß können Eltern ihre Kinder nicht besser verstehen? Sie sollten sich endlich die Mühe machen, uns kennenzulernen. Ich meine, so kennenlernen, wie wir das unter uns Freunden tun.
Tom und Tim haben einen Fußballplatz entdeckt und seitdem verschwinden sie jeden Tag dorthin, um ein Länderspiel Holland – Deutschland auszukämpfen, das von morgens bis abends dauert. Ich gehe brav mit meinen Eltern an den Strand. Für dich, Li Su, wäre das hier nix: zu viel Sand. Da würdest du dir die Fußsohle trockenlaufen.
In den Dünen gibt es auch Schnecken, aber die sind langsam zu Fuß und auch geistig träge. Wenn ich all meine Gedanken sammle und auf sie loslasse, dann ziehen sie schon ihre Fühler mit den Glotzaugen ein. Ist wohl ein bisschen viel für ihre einfachen Gemüter …
Ich vermisse euch beide sehr. Lasst es euch gutgehen, bis ich wieder zu Hause bin,

eure Laura

Li Su zwinkerte zweimal gerührt. Dann sagte sie etwas, das Bob zutiefst erschreckte: *„Laura kommt doch erst in acht Tagen wieder ... ich weiß nicht, ob ich bis dahin durchhalte."*

16. *Kapitel*
Nicht stören!

Ängstlich betrachtete Bob die Rennschnecke genau. Von dem vielen Futtern war sie ein wenig pummelig geworden. Soweit er das sehen konnte, sah sie auch nicht mehr so blass aus wie zu der Zeit, als sie noch im Blumentopf gewohnt hatte.
„Was willst du damit sagen?“, fragte Bob beunruhigt.
Li Su erwiderte ruhig: *„Ich denke, meine Zeit ist gekommen ...“*
„Aber ... aber, warum denn? Ich habe doch alles für dich getan, was ich tun konnte!“
Bob war den Tränen nahe. Er war sicher, dass Li Su ihm gerade so schonend wie möglich mitteilen wollte, dass sie bald sterben würde.
„Deshalb ja“, sagte die Schnecke. *„Mir geht es so gut, dass ich glaube, ich könnte mich bald zurückziehen, um mir ein neues Haus wachsen zu lassen. Das dauert einige Zeit. Ich darf dann nicht gestört werden.“*

Bob seufzte erleichtert auf. Ein neues Haus! Das war natürlich ganz etwas anderes.
„Ich werde mich in mein Tempelchen zurückziehen und in einen tiefen Schlaf fallen. Es ist fast so wie bei einer Raupe, die sich einen Kokon baut und nach der Puppenruhe als Schmetterling daraus schlüpft. Während ich schlafe, wird mein neues Haus wachsen. Es wird ein bisschen größer und prächtiger als das letzte werden. Ich werde mit

meinem neuen Haus noch schneller sein als je zuvor. Das ist bei Rennschnecken so."
„Du meinst", wollte Bob wissen, *„du bist nicht mehr wach, wenn Laura aus ihrem Urlaub zurückkommt?"*
Li Su nickte. Dann jammerte sie: *„Aber irgendetwas fehlt mir noch in meinem Speiseplan. Ich habe alles gefuttert, was ich nur finden konnte hier bei euch. Ich fühle auch, dass ich ganz kurz davorstehe, in meinen Ruheschlaf zu fallen. Aber etwas fehlt mir! In Tibet habe ich immer kurz vor der Ruhephase, in der mein neues Haus wuchs, eine bestimmte Nussart gesucht und gefuttert. Vielleicht sind es diese Nüsse, die fehlen ..."*

Bob ließ sich von Li Su ausführlich die Nussart beschreiben, aber er war sich sicher, dass er solche Nüsse noch nie gesehen hatte und auch nicht besorgen konnte. Ratlos runzelte er die Stirn. Dann wühlte er in seiner Badetasche herum. Schließlich zog er eine Butterbrotdose hervor, nahm zwei Scheiben Graubrot heraus, die dick mit Nusscreme bestrichen waren, und hielt sie der Schnecke vor die Nase.
„Meine Mutter meinte, wenn ich für halbe Tage ins Freibad verschwinde, könnte ich nicht immer nur Obst und Gemüse essen. Sie hat mir dieses Brot geschmiert, damit ich zwischendurch auch mal ein bisschen Energie tanken kann. Da ist so eine Art Nusspaste drauf."
„Köstlich!", murmelte Li Su, nachdem sie vorsichtig an dem Brot geschnuppert hatte. *„Das könnte es sein, was mir die ganze Zeit gefehlt hat! Darf ich?"*

Und bevor der erstaunte Bob auf diese mehr aus Höflichkeit gestellte Frage etwas sagen konnte, begann Li Su in der für sie typischen Art zu futtern. Sie kroch an der Kante des Brotes hin und her. Ihre kleine rosige Raspelzunge schleckte dabei über die Kante und hobelte erstaunlich schnell Brot und Belag ab, die die Schnecke dann schluckte. Bob war sich ganz sicher, dass er Li Su zum ersten Mal richtig schmatzen hörte! Gebannt sah er zu, wie sein Brot immer kleiner und die Schnecke sichtlich dicker wurde. Schließlich saß sie schnaufend und prall wie eine kleine Wurst vor ihm. Li Su war jetzt so dunkelblau wie noch niemals zuvor! Sie gähnte herzhaft.
„Und jetzt?", wollte Bob wissen.
„Ich muss mir schnell ein Nest bauen, in dem ich ruhen kann", erklärte die Schnecke. Sie bestand darauf, sich nicht von Bob helfen zu lassen. Ein wenig ungeschickt, weil sie nun so vollgefuttert war und viel langsamer als sonst, kroch sie hin und her und sammelte Material für den Nestbau: Moosstückchen, Gras und ein paar Vogelfedern, die sie scheinbar wohlweislich in den letzten Wochen unter einem Busch zusammengetragen hatte. All das schob sie

in ihr Tempelchen. Dabei gähnte sie in immer kürzeren Abständen. Ihre Augen fielen ihr immer wieder zu, als sie fast fertig war. Zum Glück hatte sie ja vier davon, sodass stets wenigstens eines offen blieb.
Schließlich konnte sie auch das eine Auge nur noch mit sichtlicher Anstrengung offen halten.
„Ich lasse … mir jetzt … mein neues Haus wachsen!", hörte Bob sie schleppend sagen.
„Muss ich noch etwas für dich tun?", fragte Bob aufgeregt.
„Nicht stören!", befahl Li Su schläfrig.
Bob überlegte fieberhaft, was er die Schnecke, die zusehends müder wurde, noch fragen musste. Dann fiel es ihm ein: *„Wann wirst du wieder wach?"*
„Irgendwann … mittags. Wenn die Sonne … am höchsten steht. Wenn … ich ein neues … Haus habe, … kann ich heimreisen. Dann … schneller als … jeder … Grompf! … Bin jetzt … sehr müde … bis bald!"
Mit diesen Worten kroch die Rennschnecke ganz gemächlich auf ihr Bambushäuschen zu. Weil ihr dabei auch das letzte Auge zufiel, verfehlte sie beim ersten Versuch die Tür und prallte knapp daneben gegen die Wand. Das schien nicht weiter schlimm zu sein, denn Bob hörte es in seinem Kopf leise kichern. Dann verschwand Li Su im Tempel und schloss die Tür hinter sich.

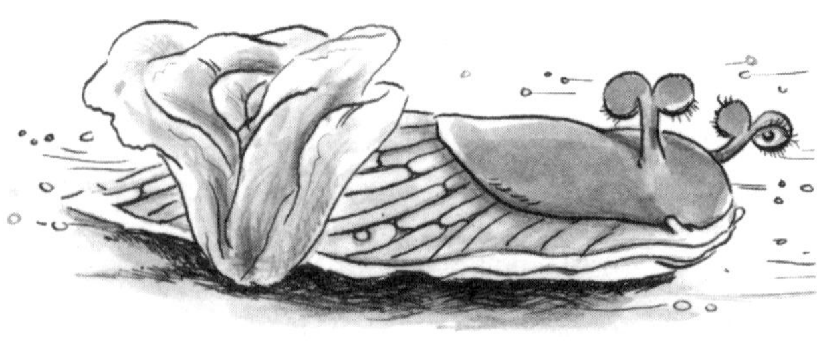

17. Kapitel
Warten

„Jetzt sitzen sie jeden Mittag in diesem verflixten Salatbeet. Das ist schlecht", murmelte Lauras Mutter, als sie einmal wieder nach ihrer Tochter und Bob Ausschau hielt. *„Aber danach werden sie zusammen etwas unternehmen. Das ist gut, wirklich gut!"*

Als Laura aus dem Urlaub zurückgekehrt war, rannte sie natürlich als Erstes in den Garten. Aus Bobs letztem Brief wusste sie, dass sie die Rennschnecke nun nicht mehr sehen würde. Aber sie musste sich erst mit eigenen Augen davon überzeugen, dass das wirklich so war.

Li Sus kleiner Bambustempel wirkte still und verlassen. Wenn Laura die Augen schloss und sich ganz gewaltig konzentrierte, hatte sie manchmal das Gefühl, ein leises Schnarchen zu vernehmen. Und wenn sie sich noch stärker konzentrierte, dann konnte es sein, dass es ihr schien, als würde sie in großer Höhe über eine prächtige Landschaft fliegen, mit hohen Bergen, weiten Ebenen, fremdartigen Gebäuden und Menschen. Sie war dann sicher, einen Blick von Li Sus Träumen erhascht zu haben, in denen sich die Sehnsucht nach ihrer Heimat spiegelte.

Bob hatte Laura den Schlüssel zum Gartentor zurückgegeben und die hatte ihn unbemerkt auf seinen alten Platz gelegt.

Täglich trafen sich die Kinder. Zur Mittagszeit waren sie bei jedem Wetter im Garten, denn Li Su hatte Bob ja zuletzt mitgeteilt, dass sie um die Mittagszeit wieder erwachen würde. Das wollten die zwei natürlich auf keinen Fall verpassen. Und deshalb mussten sie eben jeden Mittag in den Garten. Die Nachbarn wunderten sich schon über das beharrliche Interesse von Laura und ihrem Freund an Katz' Gemüsegarten. Frau Meierlein hatte überall herumgetratscht, welch ein merkwürdiger Versuch dort angeblich im Salatbeet stattfand.

Aber Laura und Bob störten sich nicht daran, was die Leute sagten. Damit es nicht so auffiel, dass sie ein unglaubliches Interesse an ihrem Bambustempelchen und dessen Bewohnerin hatten, hielten sie den Gemüsegarten auf das Sorgfältigste in Ordnung. Schließlich wollten sie doch nicht, dass Lauras Eltern dort plötzlich auftauchten, um zum Beispiel Stangenbohnen zu ernten oder den Boden zu bearbeiten!

Auch an diesem Mittag saßen Laura und Bob wieder bei dem Bambustempel. In der Nähe erklangen die Kirchenglocken, wie jeden Mittag um zwölf Uhr. Sie schlugen gut fünf Minuten lang. In dieser Zeit starrten Laura und Bob immer wie gebannt auf die kleine Bambustür zu ihren Füßen. Aber auch heute tat sich nichts.
„Hätte mich auch gewundert!", schnaubte Laura. *„Bei dem Wetter würde ich auch nicht rauskommen!"*
Seit Laura aus dem Urlaub braungebrannt zurückgekehrt war, hatte das schöne Sommerwetter ein Ende. Es war

trübe und regnerisch, so ein richtiges Ferienwetter, um sich zu Tode zu langweilen!
Verdrießlich sagte Bob: *„Und was machen wir heute? Mir fällt nichts Neues mehr ein, was man bei solchem Wetter machen kann."*
Beide Kinder waren irgendwie schlecht gelaunt. Sie hatten sich schon unzählige Male den Kopf zerbrochen, um eine Antwort auf die Frage zu finden, wie Li Su wieder nach Tibet gelangen könnte. Bob hatte sogar einmal erwähnt, man könne ja ein Flugzeug entführen, aber darüber hatten am Ende alle beide gelacht ... Alles in allem war bei ihren Gedankenspielen bisher nichts herausgekommen. Die Kinder hatten keine Ahnung, wem sie Li Su anvertrauen könnten oder wie sie sonst zurück in ihre Heimat gelangen sollte. Und „laufen" konnte die Rennschnecke den ganzen Weg nicht, denn sie war zwar eine gute Sprinterin, aber keine Langstreckenläuferin. Das hatte sie selbst gesagt.
Das Warten von Tag zu Tag darauf, dass Li Su sich endlich wieder zeigte, die Sorge, ob in dem kleinen Bambustempel auch alles gut lief, die Ungewissheit, ob es wirklich richtig war, nicht nach der Rennschnecke zu schauen, all das machte Laura und Bob langsam ungeduldig und reizbar.

Das spürte sogar Lauras Mutter, als die Kinder ihren Beobachtungsposten im Garten für diesen Tag aufgaben und ins gemütlich warme und vor allem trockene Haus zurücktrotteten. Sie freute sich so sehr, dass Laura endlich einen

Freund gefunden zu haben schien, sodass sie auf jeden Fall Streit zwischen Laura und Bob vermeiden wollte. Aber als die beiden mit ziemlich langen Gesichtern aus dem Garten kamen, hatte sie das Gefühl, dringend etwas unternehmen zu müssen. Die Kinder waren in so gedrückter Stimmung, dass sie wirklich eine Aufmunterung gebrauchen konnten. Da hatte Lauras Mutter plötzlich eine gute Idee!

„Ich weiß, was ihr beiden heute Nachmittag machen könnt!", begann sie geheimnisvoll.

Laura hob den Kopf. Jetzt kam bestimmt so ein witziger Vorschlag wie „Zimmer aufräumen" oder „Schuhe putzen". Deshalb sagte sie ziemlich patzig: *„Und was?"*

„Wie wäre es mit einem Besuch im Kino?"

Laura entfuhr ein wenig damenhaftes *„Hä?"*.

„Ja, ein Besuch im Kino", bekräftigte ihre Mutter. *„Ich finde, ihr beide könnt ein bisschen Abwechslung vertragen. Und ihr habt euch auch eine Belohnung verdient wegen all eurer Arbeit in unserem Nutzgarten. Ich lade euch heute ein. Ich spendiere zwei Busfahrkarten plus Kinokarten plus eine mittlere Tüte Popcorn. Wäre das etwas?"*

Laura und Bob sahen sich an, dann nickten sie begeistert. „Kino" klang vielversprechend. Und erst letzte Woche war ein superguter Kinderfilm angelaufen, den sie gern sehen würden.

Also machten sich Laura und Bob an diesem Nachmittag auf den Weg ins Kino. Sie mussten mit dem Bus hinfahren, aber das war wirklich nicht schwierig, auch nicht für

Kinder. Direkt vor Bobs Haustür war eine Haltestelle, fünf Stationen weiter stiegen sie aus und mussten wieder nur wenige Schritte gehen, bis sie im Kino waren, das mitten im Ort lag.
Der Film war tatsächlich schön, vor allen Dingen witzig. Es tat Laura und Bob wirklich gut, mal richtig aus vollem

Halse zu lachen. Sie kicherten immer noch, als sie mit klebrigen Fingern und einer fast leergefutterten Popcorntüte aus dem dunklen Kinosaal blinzelnd wieder ins Freie traten. Vor dem Kino befand sich noch ein kleines Vordach. Als die Kinder es erreichten, war ein Teil ihrer guten Laune gleich wieder verflogen: Es schüttete wie aus Eimern!

„Das hätte ich mir denken können!", sagte Laura giftig.

Bob schlug vor: *„Lass uns hier unter dem Vordach warten, bis es fast Zeit ist, dass unser Bus kommt. Sonst werden wir an der Haltestelle klatschnass. Da ist doch kein Wartehäuschen."*

Also blieben die Kinder unter dem Vordach stehen. In der Popcorntüte, die Laura festhielt, waren noch ein paar Reste. Abwechselnd angelten sie danach zwischen den Papierfalten am Tütenboden. Gelangweilt begann Bob während der Wartezeit, die Plakate zu lesen, die an die dicken Betonsäulen gepappt waren, auf denen das Vordach des Kinos ruhte. Und zwischen Ankündigungen für Volksmusikkonzerte, einem Vortrag über gesunde Ernährung und einem Werbeplakat für ein Fitnessstudio hing ein Plakat, dessen Aufschrift Bobs Hand wie tiefgefroren in der Luft über der Popcorntüte erstarren ließ.

18. *Kapitel*

Der Vortrag

Tibet

Diavortrag von Volker Findhammer

mit Bildern seiner Tibetreise aus dem Frühjahr 2007

Veranstaltungsort:

Vortragssaal der Stadtbücherei

Veranstaltungstermin:

Freitag, 28.7.2007 ab 17.00 Uhr

Eintritt für Kinder / Senioren 1 Euro,
für Erwachsene 2 Euro

Als Bob wieder fähig war, sich zu bewegen, schoss sein Finger auf das Plakat zu.

„Das ist es!“, japste er aufgeregt.

Laura überflog den Text auf dem Plakat. *„Ob der Typ, der den Vortrag hält, Li Su versehentlich mit hierhergebracht hat?“*, überlegte sie laut.

Bob dachte angestrengt nach. *„Das könnte gut sein. Zumindest spricht einiges dafür. Was glaubst du denn, wie viele Leute aus unserer Stadt jedes Jahr nach Tibet reisen? Und was glaubst du, wie viele Leute von auswärts kommen, um hier einen Vortrag über Tibet zu halten? Li Su hat doch berichtet, wie sie aus dem Haus des Mannes geflüchtet ist, der sie in der Coladose hierher verschleppt hat. Wenn sie nicht geschummelt hat, war der Weg von diesem Haus bis in deinen Garten nicht allzu weit. Wir haben nur bisher gar nicht darüber nachgedacht.“*

„Stimmt", musste Laura zugeben. *„Li Su hat gesagt, unser Garten wäre zwischen all den Gebäuden der erste größere Flecken Grün gewesen, den sie finden konnte. Und deshalb ist sie geblieben. Wir wohnen am Stadtrand."*
„Genau!", setzte Bob den Gedanken fort. *„Das heißt, Li Su ist nicht über Land zu euch gekommen, sondern irgendwie durch die Stadt. Der Typ, der sie hergebracht hat, wohnt also vielleicht irgendwo hier …"*
„Aber was hilft das?", fragte sich Laura. *„Wie du schon sagtest: Er wohnt scheinbar hier und nicht in Tibet."*
„Verstehst du denn nicht?" Bob war immer noch schrecklich aufgeregt. *„Er allein weiß, wo er die Coladose gefunden hat, er allein weiß, wohin genau Li Su heimkehren muss. Lass uns auf jeden Fall zu dem Vortrag gehen! Wenn wir ein Riesenglück haben, ist dieser Findhammer genau der Mann, den wir suchen. Wenn nicht, dann war er immerhin schon in Tibet und ist jedenfalls weiter als wir beide. Vielleicht kann er uns irgendwie helfen!"*
Der Regen war den beiden nun völlig egal. Während der gesamten Heimfahrt schnatterten sie aufgeregt wie Gänse vor sich hin. Der Vortrag sollte in drei Tagen stattfinden. Und irgendwie musste es ihnen gelingen, daran teilzunehmen. Das würde sicher schwierig werden, denn mittlerweile waren nicht nur Lauras, sondern auch Bobs Eltern reichlich alarmiert, wenn bei ihnen zu Hause das Wort „Tibet" fiel. Aber Laura hatte einen Plan …

Gleich nachdem sie mit Bob am folgenden Tag um zwölf Uhr wieder vergeblich vor Li Sus Häuschen gewartet hatte

und sie sicher waren, dass die Rennschnecke auch an diesem Tag nicht erwachen würde, begaben sich die Kinder zu Frau Katz in die Küche, die schon mit den Vorbereitungen für das Mittagessen beschäftigt war.
„Ich sehe euch doch an der Nasenspitze an, dass ihr etwas von mir wollt", lachte Lauras Mutter, als die Kinder sich um den Küchentisch herumdrückten.
„Stimmt, Mama", begann Laura mutig. *„Wir wollen einen Vortrag besuchen."*
„Wie bitte?" Lauras Mutter traute ihren Ohren nicht.
„Wir wollen einen Vortrag besuchen, Mama."
„Was für einen Vortrag denn?"
Laura fasste sich ein Herz. *„Es ist ein Vortrag in der Stadtbibliothek. Am Freitagnachmittag. Über gesunde Ernährung!"*
Frau Katz setzte sich mit einem heftigen „Plumps" auf einen Küchenstuhl.
„Über gesunde Ernährung?", wiederholte sie ungläubig.
Laura sah Bob hilfesuchend an, doch der blieb stumm.
„Aber Mama, du sagst doch selbst dauernd, wie wichtig gesunde Ernährung ist. Keine Limo, wenig Süßigkeiten, viel Vollkornbrot und so. Da wollten wir uns mal anhören, ob du Recht hast. Nachher verzichten wir völlig ohne Grund auf all das leckere Zeug! Bei Bob zu Hause sagen sie nämlich dasselbe ..."
Bob nickte, als hinge sein Leben davon ab!
„Ja, wie kommt ihr denn um Himmels willen auf so eine Idee?", wunderte sich Frau Katz.
Laura entschied sich dafür, so wenig zu flunkern wie möglich, weil ihr Lügen so schwerfiel.

„Deine Schuld, Mama. Du hast uns doch ins Kino geschickt. Da haben wir ein Plakat hängen sehen."

Frau Katz wusste wirklich nicht, was sie sagen sollte. Natürlich betonte sie immer wieder die große Bedeutung von gesunder Ernährung. Und natürlich freute sie sich darüber, wenn Kinder sich für etwas anderes interessierten als für Fernsehen und Fußball. Aber irgendwie kam ihr die Sache komisch vor. Plötzlich kam ihr ein Verdacht.
„Hat der Vortrag irgendetwas mit Salat zu tun?", fragte sie streng.
Diesmal schüttelte Bob den Kopf ebenso heftig wie er vorher genickt hatte. *„Von Salat steht nichts auf dem Plakat"*, konnte er wahrheitsgemäß antworten.
„Und ihr wollt wirklich dahin?", fragte Frau Katz ein letztes Mal.
„Ja!", tönte es entschlossen und einstimmig.

Was blieb einer Mutter anderes übrig, die die Bedeutung gesunder Ernährung und einer guten Bildung ständig betonte: Frau Katz erlaubte Laura, den Vortrag zu besuchen. Auch Bob, bei dem zu Hause ein ganz ähnliches Gespräch stattfand, erhielt die Erlaubnis seiner Eltern. Bobs Vater erkundigte sich sogar noch, ob die Kinder Eintrittsgeld bräuchten … Das gab er ihnen mit auf den Weg.

Und so kam es, dass Laura und Bob am Freitagnachmittag fürchterlich aufgeregt im abgedunkelten Vortragssaal der Stadtbibliothek saßen. Die Veranstaltung war mäßig gut

besucht und Laura und Bob waren eindeutig die jüngsten Gäste.
Wie gebannt lauschten sie dem gut eineinhalbstündigen Vortrag von Herrn Findhammer, der seine Bilder zeigte und sie ausführlich kommentierte. Es waren wunderschöne Aufnahmen wie aus einer anderen Welt. Aber in dem Vortrag schwang auch ein wehmütiger Ton mit. Herr Findhammer, ein Mann mit eisgrauem Bart und Haar, der sicher älter war als Lauras Vater, war nicht das erste Mal in Tibet gewesen. Vor vielen Jahren hatte er bereits eine Reise in dieses Land am Ende der Welt gemacht. Er musste feststellen, dass sich in der Zwischenzeit viel verändert hatte – meistens zum Schlechteren.
„Umweltzerstörung und Umweltverschmutzung machen auch vor den entlegensten Winkeln der Erde nicht halt!", sagte Herr Findhammer eindringlich und zeigte einige Bilder dazu.
Als dabei eine zerbeulte Coladose mitten auf einer Blumenwiese am Fuße eines gewaltigen Berges zu sehen war, wurde der Vortrag kurz durch den Zwischenruf *„Er ist es!"* gestört, den sich niemand im Publikum so recht erklären konnte …

19. Kapitel

Herr Findhammer staunt!

Nachdem Herr Findhammer seinen Vortrag beendet hatte und sich der Saal langsam leerte, warteten Laura und Bob so lange, bis sie die letzten Besucher waren. Dann gingen sie mit laut klopfendem Herzen zu ihm hinüber. Der Naturfotograf ordnete seine Dias wieder in feste Boxen.

„Na, ihr beiden? Das ist aber mal schön, dass sich so junge Leute für meine Reisen interessieren. Wollt ihr etwa ein Autogramm?"
Laura und Bob schüttelten den Kopf.
„Womit kann ich euch denn dann helfen?", erkundigte sich Herr Findhammer freundlich.
„Die Coladose. Die Coladose auf Ihrem Bild …", stieß Laura schließlich hervor.
„Ja, was ist denn damit?"
„Die muss zurück nach Tibet!", sagte Bob entschlossen.
Der Fotograf zog die Augenbrauen erstaunt hoch.
„Wie bitte?", fragte er verblüfft.
„Die Coladose muss zurück nach Tibet! Oder besser gesagt, das, was darin war", versuchte Laura zu erklären.
„Die Dose war leer!" Herr Findhammer schob den Behälter für die Dias beiseite und widmete nun seine ganze Aufmerksamkeit diesen beiden merkwürdigen Kindern, die da so plötzlich und sehr nervös vor ihm aufgetaucht waren.
„In der Dose haben sie aber jemand unbemerkt mit nach Deutschland gebracht", sagte Bob.
Herr Findhammer staunte immer mehr.
„Jemand? Nicht etwas?"
Nun war Laura an der Reihe. Sie hatte mit Bob abgesprochen, dass nur die Wahrheit helfen könnte.
„Ja. Jemand", sagte sie.
„Und wer soll das gewesen sein?"
„Eine tibetanische Rennschnecke!", erwiderten die Kinder wie aus der Pistole geschossen.
Herr Findhammer lachte schallend.

„Wer hat euch denn den Bären aufgebunden? Von einer tibetanischen Rennschnecke habe ich noch nie etwas gehört!"

Aber das Lachen verging ihm ganz schnell. Denn Laura sagte leise, aber bestimmt: *„Sie haben die Coladose auf einer Bergwiese gefunden. Dort blühten zu jener Zeit lila Blumen, die ganz ähnlich wie Rosen duften, aber völlig anders aussehen. Die Dose lag neben einem gewaltigen Felsblock. Dieser Felsen war auffällig gelb und hatte ein rotes Querband, so als hätte jemand eine Geschenkschleife herumgewickelt, oder einen Gürtel. Es war später Nachmittag, als sie die Dose fanden. Die Luft war schon ziemlich kühl. Und kurz bevor Sie sie aufhoben, stieß ein Grompf auf die Dose herab …"*

Herr Findhammer klappte den Mund ein paarmal auf und zu, bevor er fragen konnte: *„Woher um Himmels willen weißt du das alles? Der Felsen, der Blumenduft, Tageszeit und Lufttemperatur … Das alles ist nicht auf meinem Bild zu sehen gewesen. Und ich habe es in meinem Vortrag mit keinem Wort erwähnt. Woher weißt du das?"*
„Li Su hat es mir erzählt. Sie saß in der Coladose, weil der Grompf sie sonst gepackt hätte", erwiderte Laura. Jetzt fühlte sie sich langsam ruhiger.
„Wer zum Donner ist Li Su?"
„Eine tibetanische Rennschnecke!", erwiderten die Kinder zum zweiten Mal wie aus einem Mund.
Herr Findhammer raufte sich den Bart. Das ging alles ir-

gendwie über seinen Verstand. Aber es musste etwas dran sein an dem, was diese Kinder behaupteten, denn sie wussten Dinge, die eigentlich außer ihm niemand wissen konnte …

„Das ist ja eine interessante Geschichte, die ihr da erzählt. Ich glaube, es wird ein bisschen dauern, bis ich alles verstanden habe. Die Bibliothek schließt in einer Viertelstunde. Wisst ihr was, ich lade euch auf ein Eis ein. Neben der Bibliothek ist eine Eisdiele. Dort könnt ihr mir dann die Geschichte von dieser Rennschnecke erzählen."

Laura und Bob sahen sich an. Beide schüttelten den Kopf. Bob erklärte: *„Wir dürfen uns nicht von Fremden einladen lassen, haben unsere Eltern gesagt. Und irgendwohin mitgehen sollen wir erst recht nicht."*

Herr Findhammer wiegte den Kopf hin und her.

„Leider haben eure Eltern da völlig Recht. Es passiert so viel heutzutage. Da wir gerade bei Eltern sind. Was sagen die denn dazu, dass ihr eine tibetanische Rennschnecke habt?"

„Wir haben sie nicht", korrigierte Laura. *„Li Su gehört nur sich selbst, so wie Sie und ich! Wir kümmern uns nur um sie, weil sie unsere Freundin ist."*

„Was sagen denn nun eure Eltern zu eurer Freundin?"

„Meine wissen nichts davon", erwiderte Bob.

„Und meine halten mich sowieso für reichlich merkwürdig. Ich habe versucht, ihnen von Li Su zu erzählen, aber geglaubt haben sie kein Wort", berichtete Laura.

„Weshalb solltest du merkwürdig sein? Mir kommt es so vor, als wärst du eine sehr aufmerksame junge Dame, die

genau weiß, was sie will", schmunzelte Herr Findhammer. *„Ich wüsste zu gern, wie du an all die Informationen über die Umstände gekommen bist, unter denen ich diese Coladose mitten in den Bergen gefunden habe."*

20. Kapitel
Treffen im Garten

Wenn man aus gutem Grund strenge Anweisung hat, sich von Fremden nicht einladen zu lassen und auf keinen Fall irgendwohin mitzugehen, ist es ziemlich schwierig, einen Treffpunkt auszumachen, der sicher erscheint. Aber Bob hatte da eine wirklich gute Idee. Er und Laura mussten nach dem Vortrag in der Bibliothek auch recht bald den Heimweg antreten, sonst hätten ihre Eltern sich Sorgen gemacht. Aber vorher sprachen die Kinder mit Herrn Findhammer, dessen Interesse sie offensichtlich geweckt hatten, einen Termin und Treffpunkt ab.

Als Laura Herrn Findhammer ein paar Tage später auf sich zukommen sah, stieß sie Bob, der neben ihr saß und wartete, mit dem Ellenbogen in die Seite. Dann prustete sie los!
„Lacht ihr nur!", meinte Herr Findhammer gutmütig.
„Ich war schon seit Ewigkeiten nicht mehr in einem Schwimmbad."
Das sah man ihm deutlich an. Die Badehose war nach Muster und Schnitt eindeutig viel, viel älter als Laura und Bob zusammen. Dazu trug Herr Findhammer als Einziger im ganzen Schwimmbad eine Badekappe.
„Die braucht man heute nicht mehr", erklärte Bob und deutete auf Herrn Findhammers Kopfbedeckung.
Der zog sich die feuerrote Gummikappe mit einem „Plopp!" herunter. *„Gut zu wissen. Früher kam man oben ohne nicht ins Wasser"*, meinte er gut gelaunt.

Die Kinder hatten vorgeschlagen, sich im Hallenbad zu treffen. Da gingen sie sowieso in den Ferien häufiger hin, wenn es fürs Freibad zu kalt war. Hier gab es Bademeister, die ein Auge auf die Besucher hatten. Man konnte sich in aller Ruhe unterhalten – und sollte Herr Findhammer sich irgendwie als unangenehm erweisen, hätte man die Aufsicht zu Hilfe rufen können.

„Jetzt bin ich aber mächtig neugierig, was ihr mir zu berichten habt!", begann Herr Findhammer, nachdem er sich bei den Kindern auf einer der Ruhebänke niedergelassen hatte.

Und Laura und Bob begannen zu erzählen: davon, wie es beim Unkrautjäten vor Lauras Augen zu flimmern begann, wie sie die Rennschnecke entdeckte, wie sie mit ihr sprach, wie Bob beobachtete, dass Laura einen beißenden Radiergummi besaß, warum die Schnecke nach Hause wolle, wie die Kinder in seinen Vortrag geraten waren und dass Li Su zurzeit in einen Ruheschlaf versunken war, weil sie sich ein neues Schneckenhaus wachsen ließ.

Herr Findhammer war ein ausgezeichneter Zuhörer. Er unterbrach die Kinder nicht ein einziges Mal. Hin und wieder nickte er lediglich oder zog die Augenbrauen hoch. Gespannt warteten Laura und Bob darauf, was er sagen würde, nachdem sie ihren fantastischen Bericht beendet hatten, aber er ließ sich Zeit mit der Antwort.

Schließlich sagte er: *„Was genau erwartet ihr von mir?"*

„Wir hoffen, dass Sie unsere Geschichte glauben. Bisher weiß kein Erwachsener von Li Su", sagte Bob.

„Wir haben uns gedacht“, fuhr Laura fort, *„dass jemand, der schon einmal in Tibet war, vielleicht einen sicheren Weg weiß, wie Li Su heimkehren kann, wenn sie wieder erwacht.“*
Wieder dauerte es eine Weile, bis Herr Findhammer antwortete. Dann meinte er: *„Ich glaube euch. Diese Geschichte klingt zwar wie aus dem Märchenbuch. Aber ich glaube euch vor allem, weil ihr mir Dinge über eine Wiese in Tibet erzählt habt, die ihr ohne jemanden wie Li Su nicht hättet wissen können. Wir haben ein Problem!“*
„Wir?“, fragte Laura hoffnungsvoll.
„Ja. Wir“, wiederholte Herr Findhammer. *„Ich kann euch nur bewundern, dass ihr so viel Respekt vor einer Schnecke besitzt, dass ihr sie nicht gleich irgendwelchen Wissenschaftlern ausgeliefert habt. Damit wärt ihr vielleicht ganz groß rausgekommen. Aber ihr habt erkannt, dass sie ‚Jemand‘ und nicht ‚Etwas‘ ist.“*

Laura und Bob waren verblüfft. Auf die Idee, Li Su irgendjemandem zum Erforschen zu geben, wären sie nie gekommen. Man verschenkt doch keine Freunde!
Misstrauisch fragte Bob: *„Und wie ist das mit Ihnen? Wollen Sie Li Su erforschen?“*
„Ich würde eure Li Su zu gern kennenlernen“, gab Herr Findhammer zu. *„Und wenn ihr sie mir anvertraut, dann bringe ich sie auch nach Tibet zurück. Der Haken an der Sache ist nur, dass ich in genau einer Woche zu meiner nächsten Reise dorthin aufbreche. Und wenn Li Su bis dahin nicht wieder erwacht ist ...“*

Die drei erörterten hin und her, was man denn tun könne, wenn Li Su nicht rechtzeitig erwache. Sie einfach samt Bambushäuschen Herrn Findhammer mitgeben? Dazu war das Häuschen zu groß; es würde als Frachtgut transportiert und im Frachtraum eines Flugzeuges würde Li Su bestimmt erfrieren. Es schien keine andere Möglichkeit zu geben als die, zu hoffen und zu warten. Noch sieben Tage! Vielleicht würde das Wetter besser?

„Und ich möchte euch noch um eines bitten: Ich möchte, dass eure Eltern Bescheid wissen", sagte Herr Findhammer. *„Es ist nicht in Ordnung, dass ich mit euch Pläne schmiede und eure Eltern wissen nichts davon. Ich bin auch gern bereit, euch dabei zu helfen, euren Eltern reinen Wein einzuschenken, das ist wirklich wichtig. Ich kann ja nicht plötzlich bei Laura im Garten mitten im Salatbeet auftauchen, ohne dass ihre Eltern wissen, worum es geht."*
„Sie wollen uns wirklich besuchen?", freute sich Laura.
Herr Findhammer nickte. Er erklärte: *„Seit ich ein junger Mann war, reise ich nach Asien. Der Kontinent fasziniert mich! Vieles ist für uns Europäer sehr fremd. Vieles ist unverständlich, auch wenn man bedenkt, dass die asiatische Kultur mehrere tausend Jahre älter ist als unsere in Europa. Ich habe schon von zahlreichen merkwürdigen oder geradezu märchenhaften Erscheinungen in Asien gehört. Manche davon wären vielleicht zu erklären, wenn es Wesen wie eure Li Su tatsächlich gäbe."*
„Die gibt es!", mischte sich Laura energisch ein.
„Das wäre schön", erwiderte Herr Findhammer.

Dann tauschten die Kinder und ihr neuer Verbündeter Adressen und Telefonnummern aus. Herr Findhammer versprach, sich mit den Eltern von Laura und Bob in Verbindung zu setzen, und die Kinder sagten zu, Bescheid zu geben, sobald sich in dem Bambustempelchen etwas rührte.

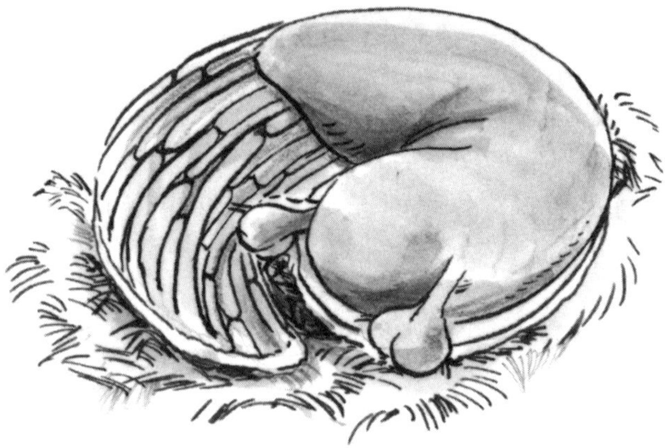

21. Kapitel
Lauras Eltern hören zu

Laura und Bob wurden nach dem Gespräch mit Herrn Findhammer noch zappeliger und angespannter als zuvor. Nur darauf zu warten, dass Li Su wieder wach wurde, war ja schon spannend genug gewesen. Aber nun musste Li Su unbedingt innerhalb einer Frist von sieben Tagen wieder erwachen, sonst würde sie die einmalige Chance verpassen, nach Hause zu kommen.
Außerdem fragten sich beide Kinder, wann und wie Herr Findhammer wohl Kontakt mit ihren Eltern aufnehmen würde und wie es dann wohl weiterginge.

Der erste Tag verstrich, ohne dass sich im Salatbeet oder daheim etwas tat. Ein zweiter und ein dritter Tag verstrichen ebenso nervtötend ereignislos. Aber dann ... Es war Freitagnachmittag. Lauras Vater, der früh Feierabend gemacht hatte, ging zum Telefon, als es läutete. Laura schielte ein wenig ängstlich zu ihm hinüber. So entgeistert, wie er sie anblickte, konnte das nur der erhoffte, der gefürchtete Anruf von Herrn Findhammer sein. Laura sperrte beide Ohren weit auf – aber ihr Vater sagte praktisch nichts, nur: *„Ja ..., nein ..., ja ..., ja ..., dann bis morgen ..."*
Als er aufgelegt hatte, starrte er Laura eine kleine Weile stumm an. Schließlich fragte er: *„Du weißt, wer angerufen hat?"*
„Ich nehme an, das war Herr Findhammer", erwiderte Laura leise.

Lauras Mutter kam mit einem hoch gefüllten Wäschekorb ins Zimmer. Ein Blick genügte ihr, um zu wissen, dass gerade irgendetwas Merkwürdiges vorging.
„*Was ist denn hier los?*", wollte sie gleich wissen und stellte den schweren Korb ab.

„*Mich hat gerade ein Herr Findhammer angerufen. Laura und Bob haben ihn bei einem Vortrag kennengelernt. Er kommt morgen Mittag hierher. Schlag zwölf. Bob mit seinen Eltern übrigens auch. Die ruft er noch an. Er behauptet, in unserem Garten wohne eine tibetanische Rennschnecke ... die will er sich ansehen.*"
„*Aber Kind!*", begann Lauras Mutter besorgt. „*Was ist denn das für eine Geschichte? Wer ist dieser Herr Findhammer? Weshalb wissen wir nichts von alledem? Warum hast du uns denn überhaupt nichts erzählt?*"
„*Mama, weißt du eigentlich, wie oft ich das versucht habe? Ihr wolltet mir beide nie zuhören und glauben wolltet ihr mir schon gar nicht. Ihr findet mich einfach nur merkwürdig und wollt, dass ich nie und nirgendwo auffalle ...*"
Lauras Eltern warfen sich über ihren Kopf hinweg einen Blick zu. Laura glaubte, sogar sehen zu können, wie ihr Papa ein wenig rot wurde, so als würde er sich schämen. Das hatte sie bei ihm noch nie gesehen!

„*Wenn wir bisher nicht die nötige Aufmerksamkeit aufgebracht haben, ist es hoffentlich jetzt noch nicht zu spät ...?*", meinte Lauras Mutter in zugleich fragendem und bittendem Ton und sah ihre Tochter an.

„Es ist eine längere Geschichte!", warnte Laura.
„Ich glaube, es ist höchste Zeit, dass wir Zeit für dich haben", sagte ihr Vater.
Und Laura erzählte und erzählte.

Manchmal lachte ihre Mutter schallend, denn einiges von den Erlebnissen mit Li Su war doch wirklich komisch gewesen – wie der beißende Radiergummi oder der Tag, an dem

Li Su immer den Fußball von Lauras Brüdern ins Gebüsch geschoben hatte, sodass die sich beim Suchen schier schwarz ärgerten, ihre Ansicht, dass es sehr unhygienisch sei, wenn mehrere Menschen in einem Haus leben würden, oder ihre anfangs geäußerte Vermutung, bei Autos handle es sich ebenfalls um eine besondere Art Rennschnecke …

Schließlich beendete Laura ihren Bericht mit der Schilderung, wie sie Herrn Findhammer kennengelernt hatten und dass ihre große Sorge nun sei, ob Li Su aus ihrer „Hausbauruhe" rechtzeitig erwachen würde.

Lauras Mutter schmunzelte immer noch.
„Offensichtlich bin ich ein ziemlicher Blindgänger, was deine Erziehung angeht – und das tut mir wirklich leid! Aber in einem Punkt hatte ich Recht. Die Sache mit dem Vortrag über gesunde Ernährung habe ich von Anfang an sehr merkwürdig gefunden."
„Hättest du mir denn erlaubt, einen Vortrag über Tibet zu besuchen?", wollte Laura ihre Notlüge rechtfertigen.
Die Mutter schüttelte den Kopf und Lauras Vater sagte: *„Ich hätte dir auch nicht die Erlaubnis gegeben. Weißt du, ich wollte nur, dass du bist wie alle Kinder. Du warst immer so, so … anders. Ich habe mir sehr gewünscht, dass du glücklich bist. Da habe ich einfach versucht, alles aus dem Weg zu räumen, zu unterdrücken, was mir merkwürdig erschien. Zum Beispiel deinen plötzlichen und unerklärlichen Tibetfimmel! Ich fand es einfach irrwitzig, dass eine Schülerin aus der dritten Klasse anfängt, sich intensiv mit Tibet zu*

beschäftigen. War wohl keine so gute Idee, oder?"
Laura grinste und schüttelte den Kopf.

„Bist du uns böse?", wollte ihre Mutter wissen.
Laura überlegte. Dann schüttelte sie wieder den Kopf.
„Es kann nur sein, dass ich böse werde, wenn ihr euch nicht endlich die Mühe macht, mich kennenzulernen. So wie sich wirkliche Freunde kennenlernen."
„Woher hast du denn den klugen Spruch?", erkundigte sich ihr Vater.
„Von Li Su."
„Sie hat Recht!", sagte Lauras Mutter und ihr Papa nickte.

22. Kapitel
Mit Musik geht alles besser

„Bei mir zu Hause waren sie auch ganz schön aufgeregt, als Herr Findhammer anrief!“, wisperte Bob Laura ins Ohr, als sie nebeneinander im Gemüsegarten der Familie Katz standen, der sich kurz vor Mittag rasch füllte: Bob und seine Eltern, Laura und ihre Eltern, Lauras Brüder und Herr Findhammer hatten sich am Ende einer Salatreihe versammelt.

Laura hatte die beklemmende Vorstellung, dass es zuging wie bei der Beerdigung ihrer Oma. Da hatten auch alle so merkwürdig herumgestanden und nur leise getuschelt.

„Na, wird jetzt das Salatprojekt ausgewertet?“, ließ sich quer über zwei Gartenzäune hinweg die schrille Stimme von Frau Meierlein vernehmen.
Laura sah ihren Vater flehentlich an. Niemand konnte jetzt Frau Meierlein hier brauchen!
Aber ihr Vater rief zurück: *„Stimmt, Frau Meierlein, wir werten aus!“,* woraufhin die Nachbarin sich zurückzog. Sie war zwar neugierig, aber nicht bei so irrwitzigen Geschichten wie beim freundlichen Zuspruch zu Pflanzen bei der Salatzucht.

Es schlug zwölf. Alle Personen rund um den Bambustempel verstummten. Gebannt starrte jeder auf die Tür.

Nichts geschah. Laura fühlte, wie die Blicke ihrer Familie auf ihr ruhten. Sie wurde puterrot. Wenn jetzt Li Su verschwunden war? Wenn jetzt nicht mehr zu beweisen war, dass es die Rennschnecke wirklich gab ...?

Bob knuffte sie. Ihn schienen ähnliche Gedanken zu plagen. *„Laura! Versuche, dich in ihre Träume hineinzumeditieren!"*, forderte er seine Freundin flehentlich auf. Schließlich ging es hier auch um seine Glaubwürdigkeit.

Laura schloss die Augen. Es war unglaublich schwierig, in Gedanken den Weg zu Li Su zu finden. Die eigene Nervosität und allein das Geräusch des Atmens der vielen Leute störten Laura zuerst. Plötzlich sah Bob, wie Laura mit geschlossenen Augen lächelte.
„Sie ist drin!", flüsterte er.
Alle warteten gebannt, bis Laura die Augen wieder aufschlug. Sogleich lachte sie laut heraus. *„Sie haben so eine Art ‚blinde Kuh' gespielt!"*, rief sie. *„Li Su träumt von der Zeit, als sie noch ganz klein war. Sie kriecht mit vielen anderen Rennschnecken über eine Blumenwiese. Eine versucht, die anderen zu fangen, und hat die Stielaugen eingezogen, damit sie nichts sieht. Das sieht vielleicht komisch aus!"*
Lauras Brüder tippten sich wenig taktvoll an die Stirn. Sie gingen lieber wieder auf den Fußballplatz. Das war doch wenigstens etwas Handfestes.
„Also schläft sie noch", stellte Herr Findhammer fest.
„Und ihr seid ganz sicher, dass wir sie nicht wecken sollen?"

„Ganz sicher!", sagte Bob.
„Nun gut! Es wird zwar langsam knapp, aber bis zu meiner Abreise haben wir noch drei Mittage", stellte Herr Findhammer fest. *„Wenn sich bis dahin etwas tut, ruft mich an. Ansonsten komme ich erst im Oktober wieder nach Deutschland. Und wann ich das nächste Mal nach Tibet reisen kann, steht leider noch in den Sternen."*
„Glauben Sie denn an die Existenz dieser tibetanischen Rennschnecke?", erkundigte sich Bobs Mutter schließlich voller Zweifel.
„Egal wie das heißt, was dort in dem Tempelchen schläft, es ist für mich hochinteressant!", erwiderte Herr Findhammer.

Der nächste Mittag verging, ohne dass sich etwas in Katz' Garten tat. Und auch am folgenden Tag blieb alles ruhig. Laura war verzweifelt! Abends lag sie im Bett und weinte bitterlich. Ihre Eltern konnten sie kaum beruhigen.
„Ich kann sie hören, aber sie kann mich nicht hören. Ich kann sie einfach nicht erreichen, wenn sie schläft!", schluchzte Laura.
Ihre Mutter wusste langsam nicht mehr, was sie von der ganzen Sache halten sollte. Gab es nun diese Schnecke, die ihre Tochter so unglaublich verändert hatte, oder gab es sie nicht? Manchmal war sie drauf und dran, in den Garten zu gehen und den Tempel einfach aufzumachen. Aber was, wenn sie dann alles verdarb? Man knackte ja auch nicht einfach den Kokon auf, in dem sich eine Raupe in einen Schmetterling verwandelte, oder? Herr Findhammer hatte von den Dingen berichtet, die Laura über

den Fund seiner Coladose wusste, obwohl sie all das eigentlich nicht wissen konnte. Das gab Lauras Mutter mächtig zu denken.
Mitten in Lauras Kummer hinein klingelte das Telefon. Herr Findhammer kündigte an, ihm sei doch noch etwas eingefallen, wie er Li Su wecken könne, ohne ihre Anweisungen zu missachten. Er wollte morgen, wenige Stunden bevor sein Flug Richtung Tibet startete, noch einmal in Katz' Garten kommen.
Als Laura das hörte, schlief sie endlich und halbwegs beruhigt ein.
Am nächsten Mittag stand wieder eine kleine Menschenmenge im Salatbeet. Herr Findhammer hatte einen Kassettenrekorder mit Batterien mitgebracht. Geheimnisvoll legte er eine Kassette ein.
„Tibetanische Musik!", erklärte er. *„Vielleicht schaffen es diese Töne aus der Heimat, Li Su zu wecken."*
Es schlug zwölf und Herr Findhammer schaltete den Rekorder ein. Nach einem kurzen Rauschen erklang Musik, schrille Musik. Da waren Streichinstrumente, Schellen, etwas, das klang wie eine heisere Klarinette. Es waren gänzlich ungewohnte Töne, die durch den Nutzgarten wehten.

„Hoffentlich ist Frau Meierlein nicht draußen!“, murmelte Herr Katz.
„Da!“, schrie Laura.
Alle Augen hefteten sich wie gebannt auf die kleine Bambustür. Die öffnete sich unendlich langsam ...
Li Su kroch hervor. Sie schillerte in prächtigem Blau und trug ein wundervolles Schneckenhaus auf dem Rücken. Es sah aus wie das Meisterstück eines Juweliers. In winzigen Rillen brach sich schimmernd das Licht. Diamanten schienen auf der Oberfläche verteilt zu sein.
„Oh!“, ließ sich andächtig Lauras Mutter vernehmen, die eine ausgesprochene Vorliebe für schönen Schmuck hatte.
Li Su zwinkerte ein paarmal geblendet.
„Das klingt gut!“, hörte Laura sie murmeln.
„Musik aus deiner Heimat. Wir mussten dich unbedingt heute wecken“, erklärte Laura. Die anderen hörten ihr gebannt zu. Bei den Erwachsenen hielten sich Staunen und ein leichtes Unbehagen die Waage, als sie Laura so selbstverständlich mit der Schnecke ein Gespräch führen

sahen, von dem sie nur Lauras Worte vernehmen konnten.
„Aber warum?", wunderte sich Li Su, die ihre Gabelstielchen mit den Augen aneinanderrieb, was wirklich komisch aussah und wohl einen ähnlichen Zweck hatte wie das Augenreiben eines verschlafenen Menschen.
Bob bemühte sich sehr, etwas von dem Gespräch mitzubekommen, aber offensichtlich waren seine Fähigkeiten zur Meditation bei weitem nicht so gut wie die von Laura. Er war viel zu abgelenkt durch die Leute um sich herum, als dass er etwas hören konnte.
„Wir haben den Mann gefunden, der dich versehentlich aus Tibet entführt hat. Das ist Herr Findhammer. Er reist heute dorthin zurück. Und er hat versprochen, dass er dich mitnimmt", erwiderte Laura.
„Ich kann nach Hause?", fragte die Rennschnecke ungläubig. *„Ich werde Fan Gu wiedersehen?"*
„Ist das der rote Schneckerich, von dem du immer geträumt hast? Ich wusste gar nicht, dass in Tibet jemand auf dich wartet", lachte Laura.
Li Su wurde vor Verlegenheit dunkelblau ...

Dann schaltete sich Herr Findhammer ein. *„Laura, sag ihr, dass ich sie auf ihre Wiese in den Bergen zurückbringe, wenn sie will. Und sag ihr bitte, dass es mir leidtut, was passiert ist. Ich hatte doch keine Ahnung, dass die Coladose nicht leer war. In gut einer Viertelstunde muss ich los. Vielleicht wollen Bob, Li Su und du noch ein wenig allein sein?"*

23. Kapitel

Der Abschied

Erstaunlich taktvoll zogen sich alle Erwachsenen aus dem Nutzgarten zurück, sodass nur noch Laura, Bob und Li Su bei dem Bambustempelchen blieben.
Li Su gähnte herzhaft.
„Haben wir dich nicht zu früh geweckt?“, erkundigte sich Bob. Li Su verstand ihn, aber die Antwort musste Laura übersetzen; er konnte die Schnecke nicht mehr hören.
Sie sagte: *„Alles in Ordnung. Die Ruhephase hat ein bisschen länger gedauert als daheim. Aber mein Haus ist fertig. Sogar der Trick mit den Diamanten hat geklappt ... Fan Gu wird vielleicht Stielaugen machen, wenn er mich so sieht!“*
„Sind das echte Diamanten, die da auf deinem Haus glitzern?“, wunderte sich Laura.
Aber Li Su schüttelte den Kopf.
„Das ist Glas. Deine Mutter hat doch beim Himbeerenpflücken eine Glasschale benutzt und dann fallenlassen. Von den Splittern habe ich ein wenig gefuttert. Natürlich nur von denen, die nicht wirklich spitz und scharf waren! Mein Haus baue ich nämlich aus all den Stoffen auf, die ich vorher zu mir nehme. Hat doch toll geklappt, oder? Und sag Bob, sein Nusscremebrot war wirklich spitze! Ich bin so blau wie selten!“

„In fünf Minuten muss ich los!“, tönte plötzlich Herrn Findhammers Stimme herüber.

Laura schluckte. *„Du willst nach Hause, nicht wahr?"*
„Ich muss", erwiderte Li Su.
„Es war toll, dich kennenzulernen", ließ sich Bobs Stimme vernehmen. Sie klang sehr brüchig.
„Ich werde euch nie vergessen!", versprach Li Su. *„Und ich danke euch so sehr!"*
Laura liefen nun ganz still Tränen über die Wangen. Sie streichelte Li Su sanft über das Köpfchen.
„Du reist wieder in der Coladose. Hier ist sie. Wir machen das Loch ein bisschen größer, dann kannst du auch mit Schneckenhaus hineinkriechen. Herrn Findhammer kannst du vertrauen. Er hat versprochen, dich heimzubringen. Wie soll es nur werden, wenn du nicht mehr hier bist?"
„Du hast jetzt einen Freund", beruhigte Li Su sie, *„und vergiss nie: Freunde helfen. Du weißt, wie man andere Menschen kennenlernt. Du kannst in herrlichen Farben malen. Und du weißt jetzt, dass du deine Gedanken ganz fest bündeln kannst. Wenn ich nicht mehr da bin, dann lass deine ganze Gedankenkraft doch mal auf die Rechen- und Schreibaufgaben in der Schule los. Ich bin sicher, du wirst viel dabei lernen. Und sprich mit deinen Lehrern. Die brauchen das, denn sonst wissen sie nicht, wer du bist. Ich bin ganz sicher, dass du glücklich sein kannst!"*

Laura nickte, aber ihre Tränen tropften der kleinen Schnecke aufs Haus.
Schließlich kam Herr Findhammer. Li Su huschte so schnell in die Dose, dass es schon wieder ein wenig flimmerte. Ganz behutsam trug er die Coladose in seiner Hand.

Dann verließen die tibetanische Rennschnecke und der Naturfotograf den Garten.

„Pass bloß auf die grässlichen Grompfe auf!", brüllte Bob hinterher.
„Sind das Gartenschädlinge?", ließ sich die Stimme von Frau Meierlein vernehmen, die plötzlich hinter der Buchenhecke auftauchte.
„Ja sicher!", rief Bob zu ihr hinüber. *„Die sind sogar ganz furchtbar schädlich! Wenn sie Grompfe haben, dann haben Sie nämlich keine Schnecken."*
„Diese Kinder heutzutage!", murmelte Frau Meierlein vor sich hin. *„Früher war man heilfroh, wenn man keine Schnecken hatte!"*

24. Kapitel
Li Su kehrt heim

Noch bevor die Ferien zu Ende waren, erhielten Laura und Bob einen Eilbrief aus Tibet.
Herr Findhammer schrieb:

Liebe Laura, lieber Bob,

ich bin gut in Tibet angekommen. Und, um es gleich vorwegzunehmen: eure Li Su auch.
Auf dem ganzen Flug habe ich versucht zu meditieren, weil ich mich auch unbedingt einmal mit einer Schnecke unterhalten wollte. Die Stewardess musste mich immer zweimal fragen, wenn sie Speisen und Getränke anbot – vorher habe ich sie gar nicht gehört. Aber es hat nicht geklappt mit der Verständigung. Vielleicht lag es auch daran, dass der Flug sehr unruhig war, denn wir sind in der Luft ordentlich durchgeschüttelt worden. Es fällt halt schwer, sich innerlich zu sammeln, wenn man von einem Luftloch in das nächste purzelt.
Beim Zoll habe ich dann noch einen gehörigen Schrecken bekommen. Der Zollbeamte hat doch glatt mein Handgepäck durchsucht! Dann hat er sich die Coladose genommen und hineingeleuchtet, weil er glaubte, ich wollte irgendetwas darin schmuggeln. Mir ist fast das Herz stehengeblieben! Aber Li Su hat sich irgendwo im Inneren der Dose wohl so an die Wand geklebt, dass er nichts entdeckt hat. Schließlich wollte dieser übereifrige Beamte

auch noch die Dose, die er für Abfall hielt, wegwerfen. Er hat ganz schön misstrauisch geschaut, als ich ihm erklärte, diese Dose sei mein Talisman. Aber er hat sie mir zurückgegeben.
In Tibet hatte ich meine Reiseroute so umgestellt, dass ich Li Su als Erstes heimbringen konnte. Zwei Tage nach der Landung bin ich per Geländewagen und nach einem gut dreistündigen Fußmarsch auf ihrer Bergwiese angelangt. Neben dem gelben Felsen mit dem roten Querband habe ich die Dose abgestellt.
Dann flimmerte es vor meinen Augen: Li Su schoss geradezu hervor! Und zum ersten und letzten Mal habe ich sie gehört. Sie jubelte: „Zu Hause, zu Hause, zu Hause!"
Dann flitzte sie auf meine Hand zurück. Für einen Augenblick, das gebe ich offen zu, war ich der Versuchung nahe, zuzugreifen und sie festzuhalten. Wer hat schon eine sprechende Rennschnecke? Damit hätte ich die Wissenschaft richtig revolutionieren können!

Li Su hat mir einen dicken Schmatz auf die Hand gegeben. Ich nehme an, das war so eine Art Kuss. Ich hätte sie bei ihrer Geschwindigkeit sowieso nicht festhalten können – und nach dem Kuss hätte ich es auch nicht gewollt.

Eines ist jedenfalls sicher: Li Su ist gebührend begrüßt worden. Und auf ihrer Bergwiese muss es reichlich tibetanische Rennschnecken geben: Kaum lief sie davon, als es rundum zu flimmern und zu flirren begann! Ich nehme an, das waren ihre Freunde und Freundinnen oder ihre Familie. Und dann habe ich gemacht, dass ich wegkam, denn in meinem Kopf wurde es plötzlich schrecklich laut. „Willkommen! Hallo! Du bist wieder da! Endlich! Wo warst du?" Irgendwie habe ich all diese Schnecken auf Li Su einreden hören.
Ich hoffe, ihr seid zufrieden mit meiner Arbeit!

Ganz herzliche Grüße,

Volker Findhammer

Laura und Bob waren sehr erleichtert, als sie erfuhren, dass Li Su heil angekommen war.

Letztes Kapitel

... und ganz zum Schluss

Laura und Bob sind immer noch gute Freunde. Sie gehen jetzt gemeinsam in die fünfte Klasse.
In der Zwischenzeit hat Laura schon zwei Malwettbewerbe gewonnen, jeden mit dem Bild einer fremdartig aussehenden, blauen Schnecke.
Herr und Frau Katz haben sich die Mühe gemacht, ihre Tochter kennenzulernen und sie so zu nehmen, wie sie ist. Streit und Missverständnisse gibt es immer noch, aber sie reden miteinander und hören einander wirklich gut zu.
Und Laura spricht nun mit ihren Lehrern, dass denen Hören und Sehen vergeht! Sie hat sich Li Sus Rat zu Herzen genommen und bündelt ihre Gedanken nicht nur in Bezug auf sich selbst, sondern lässt sie wie eine Meute Jagdhunde auf alle Aufgaben und Fragen los, die ihr in der Schule begegnen. Seitdem hat sie in der Schule mächtig viel Erfolg – und es macht ihr Spaß.
Wenn sie groß ist, will sie übrigens unbedingt einmal nach Tibet reisen. Mit Bob. Die beiden haben von Herrn Findhammer eine Landkarte bekommen, auf der eine ganz bestimmte Bergwiese in Tibet besonders markiert ist.
Und Frau Katz hat man bei einem Nachbarschaftstreffen sagen hören: *„Schnecken im Gemüsegarten? Die sind schlecht! Aber Rennschnecken, die sind gut, sehr gut!"*

Zur Autorin:
Barbara Rath – geboren 1962, verheiratet, zwei Kinder – ist Diplom-Biologin mit den Schwerpunktbereichen Zoologie sowie Human- und Cytogenetik. Auf das Studium und die Arbeit für das Forschungsministerium in der Forschungsförderung folgte eine lange Familienphase. Ab 2002 war sie für 10 Jahre als freie Mitarbeiterin im Krefelder Zoo tätig, seit dem Jahr 2000 arbeitet sie als freie Autorin.

Zur Illustratorin:
Sonja Thoenes, geboren 1970, ist hauptberuflich Logopädin. Von Kindheit an hat sie schon gezeichnet und seit 2003 arbeitet sie als freischaffende Illustratorin.

weitere Bücher von Barbara Rath unter
www.buchverlagkempen.de

Taschenbuch
96 S., EUR 5,90
Best.-Nr.: LI25
ab 8 Jahren
ISBN 978-3-86740-032-9

Der Gurkenvampir
Ausgezeichnet bei der Kalbacher Klapperschlange 2009 als „Beliebtestes Buch in der Altersklasse 3./4. Klasse"!

Wie kommen bloß die Löcher in die Gurken?!

In dem kleinen Laden von Toms Eltern bleiben die Kunden schon wegen des neuen Supermarktes weg, und jetzt kommen auch noch durchlöcherte Gurken hinzu! Tom und seine Freunde legen sich nachts auf die Lauer. Schnell steht der Täter fest: Es ist eine Fledermaus, die am liebsten Gurkensaft trinkt! Jedoch nicht von den gespritzten Supermarktgurken, davon muss sie niesen! Tom freut sich. Er wünscht sich doch schon lange ein Haustier – und dieses hier könnte auch noch den Laden seiner Eltern retten …

Taschenbuch
128 S., EUR 5,90
Best.-Nr.: LI24
ab 8 Jahren
ISBN 978-3-86740-031-2

Der Rosenkohlpirat

Igitt, Rosenkohl!

Mark hasst Rosenkohl. Plötzlich sieht er die Chance, das Gemüse loszuwerden: Der winzige Rosenkohlpirat taucht mit seinem Schiff aus dem Abfluss des Spülbeckens auf und verlangt laut schimpfend nach dem Rosenkohl. Doch er nimmt nicht nur das Gemüse mit, sondern auch Mark – auf eine abenteuerliche Schatzsuche in die Kanäle unter der Stadt …

Taschenbuch
120 S., EUR 5,90
Best.-Nr.: LI53
ab 8 Jahren
ISBN 978-3-86740-261-3

Vollhorst!

Ein halbes Drama, ein ganzer Roman, zwei aufeinanderprallende Generationen, drei Rezepte und reichlich Schimpfworte für Fortgeschrittene

Ben hält seinen Großonkel für einen echten Vollhorst, einen Vollidioten eben. Aber egal, ob der Junge will oder nicht, er muss mit diesem Menschen in den unmöglichen Cordhosen und mit seinen schrecklichen Gewohnheiten eine Zeitlang auskommen. Denn Bens Mutter liegt zu Beginn der großen Ferien plötzlich nach einem Autounfall weit entfernt in einem Krankenhaus. Großonkel Horst, der bis zu diesem Zeitpunkt mit Kindern ebensowenig zu tun hatte wie Ben mit alten Menschen, muss sich nun um den zehnjährigen Jungen kümmern. Doch der Rentner will von seiner gewohnten Mittagsruhe, seinem Dosenessen und seiner Abneigung gegen das Wort „geil" nicht abrücken – da ist Streit vorprogrammiert! Einfach weglaufen kann Ben nicht, dann macht sich seine kranke Mutter noch mehr Sorgen. Also: Augen zu und durch! Dabei entdeckt Ben mit der Zeit, dass Horst, der mit seinen zwei gleichaltrigen Freunden ganz schön viel unternimmt, gar nicht so ein Idiot ist. Und Horst erkennt, dass nicht alle Kinder einfach nur eine Plage sind ...

Mini-Buch
60 S., EUR 2,40
Best.-Nr.: LI21
ab 8 Jahren
ISBN 978-3-86740-028-2

Der Fall Samson

Was für ein Katastrophensommer! Erst die Trennung von Jos Eltern, dann der Umzug in ein kleines Dorf und nun ist auch noch Jos Kater Samson verschwunden. Doch dann lernt er Vera, Mark und Sina kennen. Obwohl die vier bei ihrer ersten Begegnung aneinandergeraten, begeben sie sich schon bald auf eine spannende Spurensuche.